खिलो कुरिंजी

खिलो कुरिंजी

मधुकर उपाध्याय

वाणी प्रकाशन

वाणी प्रकाशन

4695, 21-ए, दरियागंज, नयी दिल्ली 110 002

शाखा

अशोक राजपथ, पटना 800 004

फ़ोनः +91 11 23273167 फ़ैक्स: +91 11 23275710

www.vaniprakashan.in
vaniprakashan@gmail.com
sales@vaniprakashan.in

KHILO KURINJI
by Madhukar Upadhyaya

ISBN : 978-81-8143-536-1
Essay

संस्करण : 2016

मूल्य : ₹ 295

हर्ष प्रिंटर्स, दिल्ली-110 093 में मुद्रित

वाणी प्रकाशन का लोगो मक़बूल फ़िदा हुसेन की कूची से

राजशेखर मिश्र
को

आभार

आभार एक कठिन शब्द है। भारी शब्द। पर उसमें बोझ नहीं होता। बोझ होगा तो वह आभार नहीं होगा। कुछ और होगा। आभार हल्का होता है। रुई का फाहा। उसके बोझ से कोई दोहरा नहीं होता। झुक नहीं जाता। उसका होना अच्छा है। मानना, जरूरी।

यह मानना दूसरे ढंग का है। इसकी अभिव्यक्ति निरर्थक है। आभार व्यक्त नहीं किया जा सकता। शब्दों में तो बिल्कुल नहीं। ऐसे प्रयास के पीछे केवल स्वार्थ हो सकता है। क्योंकि आभार शब्दों का मोहताज नहीं है। न ही ऐसा है कि जो किताब नहीं लिखते, वे किसी का आभार नहीं मानते।

आभार की एक रूढ़िवादी परंपरा है। उसका छिछलापन हर नई किताब में देखने को मिलता है। यह किताब अपवाद नहीं होगी।

कुछ लोगों के बिना कुछ चीजें पूरी नहीं होतीं। इस दृष्टि से मित्र ओम थानवी का जिक्र करना चाहता हूँ। 'इस बहाने' ही सही। जिक्र उन सबका भी, जिनकी उपस्थिति और अनुपस्थिति दोनों मददगार रहीं।

कुछ लोगों की वजह से कुछ चीजें बच जाती हैं। इस बहाने पत्नी कुमुद और बच्चों, संकेत और संचिता, को याद करता हूँ।

सराहना के शब्दों के लिए अपने अग्रजों का उल्लेख करता हूँ। नाम नहीं लेता। क्योंकि स्वार्थी नहीं होना चाहता।

मधुकर उपाध्याय की अन्य पुस्तकें

- *पंचलाइन*
- *पचास दिन पचास साल पहले*
- *किस्सा पांडे सीताराम*
- *अलमुस्तफा*
- *चुनावी युद्धकला*
- *यही तो सच की खूबी है*
- *ड्रॉइंग द बैटल लाइंस*
- *धुँधले पदचिह्न*
- *हे वसुधा*
- *पूर्णविराम सिद्धांत कौमुदी*
- *द आर्ट ऑफ इलेक्टोरल वार*

अनुक्रम

सड़क छाप कथा

सड़कें समाजवादी नहीं होतीं। साम्यवादी तो कतई नहीं। उन्हें लेकर यह मुगालता हमेशा रहता है कि वे आम लोगों के भले के लिए हैं। लेकिन हकीकत इससे भिन्न है। आदिकाल से लेकर आज तक सड़कें आम लोगों के लिए कभी नहीं बनाई गईं। जो लोग समाज के हाशिए पर थे, वे सड़क के भी हाशिए पर रहे। उनका घर-संसार वहीं होता है; और यह भी स्थायी व्यवस्था नहीं है। उनका रहना सड़कों के रहमो-करम पर होता है। सड़क की छाती चौड़ी होती है तो हाशिया और सिमट जाता है। जब हाशिया नहीं बचता तो वे मजबूरन वहाँ चले जाते हैं, जहाँ हाशिया ज्यादा दिन बचे रहने की उम्मीद हो।

आम लोग सड़क के किनारे रह सकते हैं। और किसी तेज रफ्तार वाहन से कुचले जा सकते हैं। वे सड़क के हाशिए का उपयोग कर सकते हैं, पर सिर्फ उस समय तक जब तक उसका मूल उपयोग सामने न आए। सड़क के मूल में सत्ता और व्यापार है। सड़कें पहले किलों को जोड़ती थीं, फिर मिलों को जोड़ने लगीं। दिलों को जोड़ने का तर्क उसके उपयोगों में बाद में जुड़ा। मात्र क्षेपक के रूप में।

सड़कें महानगरों को अंदर-अंदर जोड़ती हैं, ताकि शहर की विस्तारवादी प्रवृत्ति के रास्ते में कोई बाधा न आए। दूसरे चरण में बड़े शहरों को आपस में जोड़ना शामिल होता है। इसके बाद मझोले और छोटे कस्बों का नंबर आता है। यह शुद्ध व्यापार है। इस प्रक्रिया में कई गाँव-शहरों और महानगरों से जुड़ जाते हैं। व्यापार के लिए यह अनिवार्य विकृति है। मजबूरी है। वह गाँवों को सड़क से जोड़ने की योजना नहीं बनाता। गाँव उसकी तेज रफ्तार प्रतियोगी जिंदगी में अवरोधकों की तरह होते हैं। उन्हें वह सिर्फ इसलिए बर्दाश्त करता है कि आगे चलकर किसी दिन गाँव उसका बाजार हो जाएगा।

सत्ता का मामला मामूली से अंतर के साथ दिखाई देता है। अंतर सिर्फ इतना है कि वह व्यापार की तरह हर जगह मुक्त परिवहन की हामी नहीं है। वह अपनी सुविधा से सड़कें बनाती, खोलती, बंद करती और हड़पती है। अभी कुछ साल पहले तक राजधानी में कई सड़कें थीं जिनसे लोग आम जनता की सर्वोच्च प्रतिनिधि संस्था—संसद तक पहुंच सकते थे। अब वे नहीं हैं। पहले संसद मार्ग एक गोल चक्कर के पास आकर दो सड़कों में विभाजित होता था। लोकसभा मार्ग और राज्यसभा मार्ग। इन पर अब आम लोग नहीं जा सकते। एक सड़क का नामपट्ट भी उखाड़ दिया गया है। सत्ता ने अब एक तीसरी सड़क घेर ली है। उसका अंत निकट है।

मध्य प्रदेश में सड़कें आमतौर पर खराब हैं। शहर से दूरी के अनुपात में उनका खराब होना बढ़ता जाता है। कहते हैं कि दिग्विजय सिंह ने सड़कों की ओर ध्यान नहीं दिया, इसलिए चुनाव हार गए। कुर्सी

हाथ से निकल गई। यह तस्वीर का एक पहलू है। दूसरा पहलू होशंगाबाद में एक स्थानीय नेता ने सामने रखा। उसका कहना था कि सड़क न बनाना बिल्कुल ठीक है। सड़क होगी तो लोग बाहर जाएँगे। उल्टा-सीधा सीखकर आएँगे। सारी जमी-जमाई व्यवस्था चौपट कर देंगे। उसका तर्क था कि सड़क न होने के कारण दिग्विजय सिंह ने दस साल राज किया। वरना पाँच ही साल में उनका बोरिया-बिस्तर बँध गया होता।

पैदल चलने के लिए आठ लेन की सड़क की जरूरत नहीं होती। उसके लिए पगडंडी काफी है। दिक्कत यह है कि सड़क और पगडंडी अलग-अलग बनाना संभव नहीं है। यह राजनीतिक दृष्टि से भी सही नहीं है। सड़क और पगडंडियाँ, 'फुटपाथ', साथ-साथ बनाने पर एक सामाजिक टकराव की आशंका हमेशा बनी रहती है। पगडंडी अपने अस्तित्व के लिए सड़क के किनारे रहती है और सड़क उसे अपनी रफ्तार और स्वच्छंदता में बाधा मानती है।

समाज विज्ञानियों के लिए यह अध्ययन का विषय हो सकता है कि आगे चलकर इस टकराव का स्वरूप क्या होगा और उसका नतीजा क्या निकलेगा।

समाजशास्त्री परिभाषा में इसे जो भी कहते हों, सच यह है कि तेज रफ्तार समृद्ध शहर पगडंडियों को पसंद नहीं करता। उससे मुक्ति चाहता है या कम से कम इतना तो चाहता ही है कि पगडंडियों से उसका साबका कम पड़े। फ्लाईओवरों को मुक्ति के एक उपाय के रूप में देखा जा सकता है। नीचे के लोगों को ऊपर से देखते हुए बहुत तेज रफ्तार के साथ निकल जाना। फ्लाईओवर की अवधारणा ऐसी है कि उसमें हाशिया नहीं हो सकता। वहाँ बस्तियाँ नहीं बस सकतीं। लोग नहीं रह सकते।

भूमिगत रेलवे व्यवस्था इसी टकराव से बचने का एक और जरिया है। यानी आम लोग सतह पर रहेंगे और खास लोग या तो सतह से ऊपर या फिर सतह से नीचे। जब आमना-सामना ही नहीं होगा तो टकराव कैसा। फ्लाईओवर आकृति और प्रकृति दोनों में 'स्पीड ब्रेकर' की मानिंद होते हैं—आम आदमी के लिए। पैदल चलने

वाला फ्लाईओवर पर नहीं चढ़ता। रिक्शा भी उधर नहीं जाता। इसलिए रफ्तार-भिन्नता की वजह से हो सकने वाला टकराव टल जाता है। यह सत्ता और व्यापार दोनों के हित में है।

सड़क परिवहन का एक विश्वव्यापी अध्ययन हर साल होता है। उसकी रिपोर्ट में दर्ज होता है कि सड़कों की कुल किलोमीटर लंबाई, वाहनों की संख्या, उनकी औसत रफ्तार और रास्ते की बाधाओं के कारण नष्ट होने वाला तेल कितना था। अर्बन मोबिलिटी रिपोर्ट-2005 के मुताबिक सड़क की बाधाएँ दूर करने में अंदाजन 4000 अरब डॉलर का खर्च आएगा और इसमें दस साल लग सकते हैं। व्यापार की सुविधा के लिए की जाने वाली इस व्यवस्था में स्वयं व्यापार की संभावनाएँ निहित हैं। अमेरिका इस दिशा में सबसे आगे है। उसने 400 अरब डॉलर की लागत से अपने यहाँ अवरोध दूर करने की छह-साला योजना बना ली है।

भाषा का सड़क से कोई सीधा संबंध दिखाई भले न देता हो, लेकिन इसे देखना कठिन नहीं है। संस्कृत ग्रंथों में सड़कों के कई नाम मिलते हैं—मार्ग, पथ, वीथि आदि, लेकिन उन ग्रंथों में इनका मुहावरेदार इस्तेमाल देखने को नहीं मिलता। ऐसा उल्लेख भी नहीं मिलता कि कोई आम आदमी सत्ता या व्यापार के रास्ते में आया हो। शायद यह सामाजिक संरचना की वजह से था, जिसने टकराव की आशंका दोनों वर्गों के लिए अलग रास्ते बनाकर खत्म कर दी थी। लेकिन अब के मुहावरे इससे अछूते नहीं हैं। ये मुहावरे बने चाहे जब हों, उनका अर्थ फ्लाईओवर से गुजरती कार में बैठे एक व्यक्ति के संदर्भ में बिल्कुल बदल जाता है। जो कहे ये लोग 'सड़क छाप' हैं, 'सड़क के लोग' हैं। यह शाब्दिक हिकारत एक गहरा संकेत है। इसे सिर्फ मुहावरा समझना भूल होगी।

15 मई, 2005

उपस्थिति की मौत

पिछले दिनों लंदन में एक सड़क की मौत हो गई। वह सड़क मामूली नहीं थी। उसका बड़ा नाम था। पूरे शहर ने इस पर दुख व्यक्त किया। अखबारों के पन्नों पर पन्ने रंगे गए। सड़क के किनारे प्रार्थना सभाएँ आयोजित की गईं। बड़ी संख्या में लोग वहाँ पहुँचे। तकरीरें हुईं। सड़क और उससे जुड़ी चीजों को याद किया गया। बताया गया कि उसकी उम्र तीन सौ साल थी। वह मामूली सड़क नहीं थी, इसलिए यह सब तो होना ही था। उसकी मौत किसी बड़े आदमी की मौत की तरह थी। वे मर जाते हैं, पर उनका नाम जीवित रहता है—अक्सर सड़क बनने के लिए। जो पहले ही सड़क हो उसे सड़क बनने की जरूरत नहीं होती। लंदन की सड़क अब भी वहीं है—फ्लीट स्ट्रीट।

मृत्यु के लिए जीवन अनिवार्य नहीं है। जड़ और चेतन का भेद भी निरर्थक है। यह भेद स्थूल है। मृत्यु जीवन की नहीं, उपस्थिति की होती है। सड़क के किनारे का खंभा मर सकता है। इमारत मर सकती है। कुतुब मीनार की मृत्यु हो सकती है। अयोध्या में एक मस्जिद की अकाल मृत्यु हुई। वह एक हादसे में मारी गई। इसका शोक कुछ को था, तो कुछ प्रसन्न थे। मृत्यु पर प्रसन्नता बहुत दिन नहीं टिकती। शोक कुछ ज्यादा दिन रहता है। और अंत में उस प्रसन्नता और शोक दोनों की मृत्यु हो जाती है। अयोध्या की मस्जिद एक हिंसक घटना का शिकार हुई। यह हिंसा एक इमारत के खिलाफ थी। यह हिंसा का क्रूरतम रूप था, क्योंकि इमारत अपना बचाव नहीं कर सकती। वह निहत्थी होती है।

अहिंसा पर जोर देने वाला बौद्ध दर्शन मानता है कि मृत्यु घटना नहीं, प्रक्रिया है। इसे पूरा होने में समय लगता है। इस दर्शन से प्रभावित एक किताब 'तिब्बत बुक ऑफ लिविंग एंड डाइंग' में दर्ज है कि जब मौत आती है तो सबसे पहले पैर का अँगूठा मरता है। मृत्यु ऊपर के अन्य अंगों की ओर धीरे-धीरे बढ़ती है। दिमाग की मृत्यु अंत में होती है और दिल उससे थोड़ा पहले मरता है। बौद्ध दर्शन में यह बात कहाँ से आई, पता नहीं। लेकिन इक्कीसवीं सदी में भी इसका सच नहीं बदला है। निधन एक प्रक्रिया है, यह एक वैज्ञानिक सच है और इसे अर्थशास्त्र के सच की कसौटी पर भी कसा जा सकता है।

वैज्ञानिक सच इसलिए कि मृत घोषित किए जाने के बाद भी शरीर के कुछ अंग काम करते रहते हैं। आँखें बहुत देर तक जीवित रहती हैं। देखती रहती हैं। उन्हें निकालकर कहीं और लगाया जा सकता है। अंगदान की पूरी व्यवस्था इसी पर टिकी हुई है। हिंदू धर्म भी इसी की दुहाई देता है। शारीरिक संरचना में पैर को शूद्र और मस्तिष्क को ब्राह्मण मानते हैं। हाथ और कंधे क्षत्रिय तथा पेट वैश्य कहा जाता है। यानी जो सबसे कमजोर है, वह सबसे पहले मरता है। समाज इसी सिद्धान्त पर आगे बढ़ता है। अर्थशास्त्र भी।

मुहावरों को छोड़कर एक झटके में कुछ नहीं होता। रातोंरात नहीं बदलता। रोम न एक दिन में बनता है, न नष्ट होता है। यही जीवन है। यही अर्थशास्त्र है। किसी बाजार का विस्तार हो, कोई बड़ी दूकान, 'शॉपिंग माल' बननी हो तो छोटा दुकानदार सबसे पहले मरता है। रेहड़ी-खोमचे वाले उससे भी पहले। बाजार में टिके रहने के समय का अनुपात इसी से तय होता है कि दूकानदार कितना बड़ा है। सबसे बड़ा दुकानदार सबसे ज्यादा देर तक टिका रहता है। फिर वह भी खप जाता है। तिब्बती ग्रंथों में मृत्यु को प्रक्रिया मानने का आमफहम उदाहरण है बाजार का उजड़ना। गाँव के हाट के साथ यही हुआ। छोटे दुकानदार को उजड़ जाने के बारे में कोई गलतफहमी नहीं होती। बड़े दुकानदार इससे थोड़ा भिन्न होते हैं। उन्हें ज्यादा दिन बचे रहने की खुशफहमी होती है।

यही फ्लीट स्ट्रीट पर हुआ। अखबारों का मक्का कहे जाने वाले इस इलाके से पहले छोटे अखबार हटे और लंदन शहर के बाहरी इलाकों में चले गए। फिर मझोले अखबारों का नंबर आया। अंत में मीडिया मुगल कहलाने वाले रूपर्ट मर्डाक के अखबार को भी वहाँ से जाना पड़ा। अर्थव्यवस्था के दबाव ने फ्लीट स्ट्रीट के मरने की प्रक्रिया तेज कर दी और अंततः तीन सौ साल पुरानी परंपरा खत्म हो गई। अब शायद वहाँ एक नई शुरुआत होगी, लेकिन इसे परंपरा बनने का समय संभवतः न मिल पाए। उस सड़क पर अब बड़े व्यापारिक घरानों के दफ्तर होंगे। कुछ इमारतें टूटेंगी, कुछ नए सिरे से बनेंगी। कुछ का चोला बदल जाएगा। उनकी शक्ल बदल जाएगी। नाम भले वही रह जाए, पर नाम में क्या रखा है।

दिल्ली में एक बहादुरशाह जफर मार्ग है। फ्लीट स्ट्रीट का भारतीय गुटका संस्करण। ऐसे संस्करण अन्य देशों में भी हैं और सबका हाल करीब-करीब एक जैसा है। पहले उनकी तूती बोलती थी. तो वे केन्द्र में थे। धीरे-धीरे हाशिए पर चले गए। इसकी एक वजह शहर का विस्तार थी, लेकिन दूसरी ओर अपेक्षाकृत बड़ी वजह है राजनीति और अर्थव्यवस्था की टकराहट में अर्थव्यवस्था की जीत। फैसले अर्थव्यवस्था करती है, राजनीति उसकी पिछलग्गू है। अखबार

न मानें लेकिन इस हकीकत से आँखें मूँदना संभव नहीं है कि वे अब पिछलग्गू नंबर तीन हो गए हैं। कार्यपालिका को जोड़िए तो कहीं-कहीं पिछलग्गू नंबर चार।

तो बहादुरशाह जफर मार्ग मर रहा है। जो लोग इस सड़क से रोज गुजरते हैं, इस प्रक्रिया के चश्मदीद गवाह हैं। दुर्भाग्य से अर्थव्यवस्था के हाथों मौत इतने धीमे होती है कि वह सामान्य बात लगने लगती है। कोई उस पर प्रतिक्रिया भी नहीं व्यक्त करता। उसका धीमा और मीठा जहर ऐसा असर करता है, कि कई बार मरने की प्रक्रिया के संकेत भी नहीं दिखाई देते। बस, एक दिन अचानक पता चलता है कि सड़क मर गई। परंपरा का निधन हो गया। सब कुछ बदल गया। लोगों के साथ अखबारों ने भी सड़क के साथ मर जाने की अपेक्षा जान बचाने के लिए पलायन को बेहतर विकल्प माना। यही लंदन में हुआ। यही दिल्ली में हो रहा है।

अर्थव्यवस्थाएँ सड़कों से जुड़ी होती हैं, परंपराओं से नहीं। वे परंपरा की परवाह नहीं करतीं। सड़क पाने के लिए परंपरा टूटती हो तो उनकी बला से। लेकिन सड़कों के मरने या चोला बदलने का पूरा दोष अर्थव्यवस्था के माथे नहीं मढ़ा जा सकता। इसके और भी कारण हो सकते हैं, मसलन राजनीति, धर्म, समाज। अयोध्या में धर्म और राजनीति के मिले-जुले षड्यंत्र ने प्रक्रिया इतनी तेज कर दी कि हादसा हो गया। यह उनकी नासमझी थी। उन्होंने अर्थव्यवस्था से कुछ नहीं सीखा। यही काम अर्थव्यवस्था ने कई जगह इतनी खामोशी से किया कि किसी को पता तक नहीं चला और उपस्थिति की मौत हो गई।

26 जून, 2005

मार्क्सवादी तानाशाह

शब्द फितरती होते हैं। वे किसी के नहीं होते। जिसने उन्हें अपना माना, उसी ने धोखा खाया। उनका मूल चरित्र ही बेईमान और फरेबी है। किसी को भी चकमा दे सकते हैं। कभी भी। शब्दों की फितरत से सब वाकिफ हैं। फिर भी फँस जाते हैं। वाकफियत के मुगालते में। समझदार लोग उनके बहुत नजदीक नहीं जाते। दूर से दुआ-सलाम का वास्ता रखते हैं। आप-जनाब वाला संबंध। कोई अपने बच्चे का नाम 'शब्द' नहीं रखता कि दिन-रात बुलाना पड़े। लोग मर कर सड़क बनना पसंद करते हैं, शब्द नहीं। शब्द बनना मुश्किल है भी। बावजूद इसके कुछ लोग शब्द बन जाते हैं और सदियों तक उसका खमियाजा भुगतते रहते हैं। ताना की तरह। कब्र में कुड़कुड़ाते हुए।

ताना का नाम ताना नहीं था। अबुल हसन था। माँ-बाप प्यार से उसे ताना कहकर पुकारते थे। वह बहुत बुद्धिमान था। और शरारती भी। बच्चों में खासा लोकप्रिय। वह निजामशाही का जमाना था। ताना के माँ-बाप का निजाम से दूर-दराज का कोई रिश्ता था। उसका उन्होंने कोई फायदा नहीं उठाया। गरीबी में दिन काटे। एक दिन ताना नहा रहा था कि एक बग्घी घर के आगे रुकी। चार चोबदार उतरे। दरवाजा खटखटाया। बड़े अदब से पूछा, 'ताना हुजूर घर में हैं?' दरवाजा माँ ने खोला था। वह घबरा गई। उसे पता था कि ताना शरारती है लेकिन उसने ऐसा क्या किया? शिकायत सीधे निजाम के यहाँ पहुँच गई? उसकी घिग्घी बँधी हुई थी। डर के मारे उसने 'हाँ' कह दिया।

ताना नहा कर निकला ही था। भीगे बाल। भीगा बदन। बदन पर मामूली कपड़े। चोबदारों ने उसे पूरी इज्जत से बग्घी में बिठाया। और घोड़े ताना को लेकर इतिहास में चले गए। ताना को निजाम के निजी कारिंदे महल के अंदर ले गए। उसे फूलों के पानी से नहलाया गया। शाही कपड़े पहनाए गए। थोड़ी ही देर में उसे निजाम के हुजूर में पेश कर दिया गया। ताना को नहीं पता था कि उसके साथ क्या हो रहा है। दरबारी भी कुछ समझ नहीं पा रहे थे। उसी सन्नाटे में निजाम ने ऐलान किया। ताना उनका वारिस होगा। हैदराबाद का अगला निजाम। उसका नाम हुआ—अबुल हसन तानाशाह।

ताना का असली नाम सिर्फ किताबों में रह गया। वह कुली कुतुब शाह की परंपरा में था। उनकी गद्दी का वारिस। शाही फरमानों में वह अबुल हसन शाह था। लोक स्मृति में तानाशाह। ताना एक उदार शासक था। नेतृत्व की नैसर्गिक प्रतिभा थी। लोगों को साथ लेकर चलने की सलाहियत थी। उसका एक शुरुआती फरमान त्रिभाषा फार्मूले को लेकर था। ताकि सब उसे समझ सकें। स्थानीय तेलुगू लोग भी। उसने स्थानीय लोगों को महत्त्वपूर्ण पदों पर बिठाया। मदन्ना को अपना मुख्य वजीर बनाया। अकन्ना को सेना प्रमुख। दोनों तेलुगू। निजामशाही में ऐसा पहली बार हुआ था। मदन्ना कुशल प्रशासक था। उसकी ख्याति दूर-दूर तक फैली। अकन्ना ने बहादुरी

के झंडे गाड़ दिए। मदन्ना के प्रशासन का अध्ययन करने फ्रांस और जर्मनी से लोग आए।

मदन्ना पर फ्रेंच और जर्मन में किताबें लिखी गईं। कि उसने निजाम की बिगड़ती अर्थव्यवस्था को कैसे सँभाला। किस तरह की कर प्रणाली लागू की। उस पर कैसे अमल किया। नियम सख्ती से लागू होने से लोग परेशान थे, पर शाही खजाना भरता जा रहा था। इन नियमों पर ताना की मुहर होती थी। उसकी मंजूरी। वसूली मदन्ना के कारकुन करते थे। बदनामी ताना की होती थी। लोगों की दिक्कत ताना तक पहुँचने ही नहीं दी जाती थी। मदन्ना की ज्यादतियों से तंग आकर लोगों ने उसे सरे-बाजार मार डाला। उसे हाथी के पाँव के नीचे कुचलवा दिया। अकन्ना के सैनिक अधिकार छीन लिए गए। लेकिन तब तक ताना बदनाम हो चुका था। सारी नेकनीयती के बावजूद तानाशाह बन चुका था।

उत्तर भारत में तानाशाह शब्द के रूप में आया। दूसरे विश्वयुद्ध के समय। हिटलर के सन्दर्भ में। आगरा में रमन्ना शास्त्री और कृष्णास्वामी ने गोकुलपुरा से एक किताब छापी। उस समय तक शब्दकोश में 'डिक्टेटरशिप' का अर्थ अधिनायकत्व हुआ करता था। मार्क्सवादी साहित्य ने तानाशाही को अनौपचारिक ढंग से स्वीकार कर लिया। उन्हें एक शब्द चाहिए था। मिल गया। हिटलर को अधिनायक कहना उन्हें मंजूर नहीं था। वे इसका इस्तेमाल पहले कर चुके थे। डिक्टेटरशिप ऑफ द प्रोलिटेरियट के लिए। उसे सर्वहारा का अधिनायकत्व कहा गया था। ऐसे में तानाशाह उन्हें बिल्कुल सटीक लगा। वह शब्द चल गया। ताना की नेकनीयती भुला दी गई। खूबियाँ ताक पर रख दी गईं। शब्द बनते ही ताना का अर्थ बदल गया। वह शब्द बनने की कीमत चुका रहा है। भारी कीमत। आज तक।

शब्दों की दुनिया बीहड़ है। वाकई बीहड़। निहायत गझिन जंगल। इतना घना कि बड़े-बड़े महारथी रास्ता भटक जाएँ। कहीं से चलें, कहीं पहुँच जाएँ। कुछ पता न चले। एक मानी में शब्द

सभ्य नहीं होते। जंगली होते हैं। उनका कोई कारखाना नहीं होता। न वे खड्डी पर बनते हैं। जिसने उन्हें गढ़ने की कोशिश की, आचार्य रघुवीर हो गया। मोटे तौर पर वे चार स्रोतों से आते हैं। चारों बीहड़ स्रोत। लोकजीवन, विज्ञान, धर्म और विचार। भाषाविज्ञानी मानते हैं कि शब्दों का बड़ा हिस्सा वहीं से निकलता है। वहीं से उलझता-भटकता आम जीवन में आता है। मार्क्सवाद एक विचार है। उसने हिंदी को कई शब्द दिए। उनके नए अर्थ निर्धारित कर दिए। मार्क्सवाद न होता तो तानाशाह न होते। तानाशाही का वजूद न होता। होता भी तो तानाशाह न कहा जाता। उसका कुछ और नाम होता।

वैयाकरणी शब्दों को तरतीब देना सिखाते हैं। भाषाविज्ञानी उनकी जड़ खोदते हैं। दोनों मिलकर भी मुकाम तक नहीं पहुँच पाते। इसलिए कि शब्दों में कोई तरतीब नहीं होती। लोग रास्ता सुझाते हैं, पर भटकने वाले फिर भी भटक जाते हैं। सिर्फ अटकलों के आधार पर सही जगह पहुँचना संभव नहीं होता। अटकलों में पुख्तगी नहीं होती। अटकल नहीं बता पाती कि 'हॉर्न' भोंपू कैसे बन जाता है। संस्कृत का 'देव' उर्दू में 'राक्षस' कैसे हो जाता है। अंग्रेजी का 'डेविल' भी देव के आसपास का ही लगता है। उस बीहड़ में कुछ पता नहीं चलता। सब हाथ खड़ा कर देते हैं। त्राहिमाम करते हुए।

शब्द बनने की लालसा किसी में नहीं होती। अपवाद की तरह भी नहीं। अप्रकट इच्छा भी नहीं। इसलिए नहीं कि ऐसा कम ही होता है इसलिए कि इसके खतरे बड़े हैं। खासकर अर्थ के सिलसिले में। शब्द कभी भी पलट सकते हैं। यह आशंका उनमें निहित है। यह तय नहीं होता कि शब्द को दिया गया अर्थ हमेशा बना रहेगा। कोई भरोसा नहीं कि वह अचानक कब पलट जाए। बैठे-बिठाए विपरीतार्थक हो जाए। लेने के देने पड़ जाएँ। एक अच्छा इंसान बुरा शब्द बन जाए।

कोपीनधारी घोड़े

यवनों ने सभ्यता की ओर एक कदम और बढ़ा दिया है। एक-तिहाई दुनिया को 'सभ्य' बनाने के बाद अब उन्होंने तय पाया है कि वे घोड़ों को सभ्य बनाएँगे। यवन आर्यों की सभ्यता से संतुष्ट नहीं थे। इटली की राजधानी रोम की यवन सभा ने महसूस किया कि आर्यों ने घोड़ों के मुताल्लिक अपना काम पूरा नहीं किया। उन्होंने घोड़ों को साधा जरूर, लेकिन सभ्य नहीं बनाया। अधिकारियों ने इस पर गहन विचार-विमर्श के बाद एक रास्ता निकाल लिया। उन्हें घोड़ों की जरूरत थी, पर असभ्य घोड़ों की नहीं। ऐसे घोड़ों की कतई नहीं जिन्हें काल और स्थान का भान न हो और वे कहीं भी लीद कर दें। उन्हें यह गंदा लगा। अश्लील भी। सभ्य समाज में असभ्य घोड़े बर्दाश्त नहीं किए जा सकते थे।

घोड़े रोम नगर के मुख्य आकर्षणों में शामिल हैं। मुख्य मार्गों पर चलने वाली बग्घियाँ वही खींचते हैं। प्रशासन में इतना साहस नहीं था कि वह बग्घियों पर प्रतिबंध लगा दे। ढाई सौ साल से चली आ रही परंपरा तोड़ दे। उन्हें इसका आसान रास्ता यही लगा कि घोड़ों को सभ्य बना दिया जाए। घोड़े थोड़ा-सा भी सभ्य हुए तो यह मुश्किल हल हो जाएगी। तब वे जहाँ-तहाँ गंदगी नहीं करेंगे। सभ्य लोगों की तरह निर्धारित जगह पर गंदगी करेंगे। या फिर अपनी गंदगी साथ ले जाएँगे। उन्होंने बीच का रास्ता निकाल लिया। फैसला करना थोड़ा और आसान इसलिए हो गया कि इसका घोड़ों की नस्ल से कोई सरोकार नहीं था। हर नस्ल के घोड़े एक समान असभ्य थे। इसमें नस्लवादी होने का आरोप लगने के खतरे नहीं थे। तय यह हुआ कि घोड़ों को लँगोटी पहनाई जाए। काठी के साथ कोपीन।

यह फैसला लागू होने जा रहा है। रोम के घोड़ों के लिए अस्तबल से बाहर निकलकर सड़क पर आने से पहले कोपीन पहनना जरूरी होगा। कोपीन का डिजाइन तैयार है। साईसों और बग्घी चलाने वालों को आवश्यक निर्देश दे दिए गए हैं। बता दिया गया है कि जीन, लगाम, काठी के साथ घोड़ों को बाल्टीनुमा कोपीन पहनाना अनिवार्य होगा। इन बाल्टियों पर मजबूत प्लास्टिक चढ़ा होगा और उन्हें नायलॉन की रस्सियों के सहारे पिछले हिस्से में पाँवों के बीच बाँधा जाएगा। सभ्यता आखिरकार मुफ्त में नहीं आती। उसकी कीमत चुकानी पड़ती है।

घोड़ों के साथ ऐसा पहली बार नहीं हुआ है। कई हजार साल पहले उन्हें 'सभ्य' होने की कीमत गुलामी के रूप में चुकानी पड़ी थी। उस समय आर्यों ने उन्हें 'सभ्य' बनाया था। अपने इस्तेमाल लायक। उस वक्त उतनी ही सभ्यता काफी थी। उन घोड़ों की ताकत और फुर्ती के दम पर आर्य पूरी दुनिया में फैल गए। यह सिंधु घाटी की सभ्यता के बाद की बात है। उस सभ्यता में घोड़े नहीं थे। मुहर पर बैल का निशान होता था। प्रोफेसर रामशरण शर्मा का पूरा सिद्धांत घोड़ों पर टिका हुआ है। उनका कहना है कि सिंधु घाटी की सभ्यता

में घोड़े नहीं थे। बैल थे। घोड़े होते तो बैल प्रतीक चिह्न न बनते। बात तार्किक है, पर पूरी नहीं है। यह भी हो सकता है कि सिंधु घाटी में घोड़े रहे हों, पर सभ्य न हों। साधे न गए हों। बैल साधे गए थे। इसलिए प्रतीक थे।

प्रोफेसर वाकणकर ने भीमबेटका की गुफाएँ खोजीं। उनके शैल-चित्र खोजे। यह साबित करने की कोशिश की कि घोड़े आर्यों के साथ नहीं आए थे। मोहनजोदड़ो और हड़प्पा से दस हजार साल पहले घोड़े थे और उन्हें साध लिया गया था। उन शैल-चित्रों में घोड़े भी थे। घुड़सवार भी। यानी कि तब तक घोड़े सभ्य हो चुके थे। प्रोफेसर शर्मा ने इसे खारिज कर दिया। गुफाओं की प्राचीनता पर विवाद नहीं था। चित्र विवादों के घेरे में आ गए। वेदों में घोड़े हैं इसलिए मान लिया गया कि उनकी रचना सिंधु घाटी की सभ्यता के बाद हुई। अथर्ववेद में एक ऋचा है :

अश्व इव रजो दुधुवे वि तान्
जनान्य आक्षियन्यपृथिवीं यादजायत।

उड़ा दें/दुष्ट तत्त्वों को धरावासी/उड़ाते/धूल के कण/अश्व जैसे।

मसला इससे भी नहीं सुलझा। वेद आर्यों की देन हैं। आर्यों के पास घोड़े थे। उन्हें सभ्य बनाया जा चुका था। लेकिन इससे सिंधु घाटी में घोड़ों की मौजूदगी और बाद में उनके सभ्य होने की पुष्टि नहीं होती।

सभ्यताएँ हमेशा सीमित होती हैं। पूर्ण सभ्यता कुछ नहीं होती। किसी सभ्यता की उम्र दरअसल सिर्फ इतना बताती है कि उसकी प्रक्रिया कितने समय तक चली। असभ्यता की कोई उम्र नहीं होती। सभ्यता की होती है। उसे नापा-जाँचा जा सकता है। सभ्यता की परिकल्पना इकहरी नहीं है। हो भी नहीं सकती। जहाँ एक होगी, वहाँ दूसरी, तीसरी, चौथी भी होगी। उनके बीच प्रतिस्पर्द्धा होगी। उनमें चुंबकीय शक्ति होती है और वे एक-दूसरे को आकर्षित करती हैं। सैम्युअल हंटिंग्टन संभवतः इसी को सभ्यताओं का टकराव कहते

हैं। यह सभ्यताओं की खूबी है। आप उनकी ओर नहीं जाएँगे तो वे आपकी ओर आएँगी। इसे सभ्यताओं का संगम भी कहा जा सकता है और टकराव भी। सवाल मात्र इतना होगा कि आप कहाँ खड़े हैं। और किस समय के प्रतिनिधि हैं।

सभ्यता गोल-गोल घूमती है। उसकी गति रैखिक नहीं है। आज की सभ्यता कल असभ्यता हो सकती है। या संभव है कि इसका उलटा हो जाए। सभ्यता के खेल में ऐसा जरूरी नहीं होता कि जो सभ्य है, वह सभ्य ही रहेगा। उसकी सबसे बड़ी समस्या यही है कि वह अपने रहने के लिए एक छोटा-सा दायरा बना लेती है। उसी में रहती है। दायरे से बाहर की दुनिया उसके लिए असभ्य होती है। ठीक यही सोच अन्य दायरों की भी होती है। लेकिन इससे उनके आकर्षण में कोई कमी नहीं आती। यह एक अद्भुत किस्म की सहनशीलता है जो सभ्यताओं के बीच दूरी के विलोम-अनुपात में काम करती है। सभ्यताओं की बहुलता का एक कारण यह भी है। इसी से अनगिनत सभ्यताएँ बनती हैं और इसी से अनगिनत दायरे, जो एक-दूसरे को छूते-काटते रहते हैं।

अनवरत एक ही दायरे में रहना और लगातार अपने ढंग से सभ्य बने रहना खासा मुश्किल काम है। लगभग असंभव। सभ्यता का दायरा बहुत बड़ा नहीं होता। यह उसकी अवधारणा के खिलाफ है। सब एक जैसे होंगे तो कोई वर्ग अपने को विशिष्ट कैसे मान सकेगा? दूसरों से ज्यादा सभ्य कैसे होगा? ऐसा हुआ तो उसका तिलिस्म टूट जाएगा। इस लिहाज से सभ्यता वर्ग-विहीन समाज के सोच के खिलाफ खड़ी दिखाई देती है। वह वर्ग-विशेष की होती है। यह वर्ग घोड़े को कोपीनधारी बना सकता है। कुछ भी कर सकता है। वह मानता है कि यह सभ्यता नहीं बल्कि असभ्यता की पराकाष्ठा है कि गधे-घोड़े सब बराबर हो जाएँ।

10 जुलाई, 2005

शब्द एक देह

शब्द-देह पैदा होती है। जवानी के दिनों में उसकी चमक-दमक देखने लायक होती है। उसका रंग-रूप निखरता है। बला का आकर्षण और अद्‌भुत उपस्थिति। आम धारणा के विपरीत लोगों से खेलती हुई। उन्हें ललचाती, रिझाती और उलझाती हुई। वह देह कुछ भी कर सकती है। वह जान तक ले सकती है। धीरे-धीरे यही शब्द-देह बूढ़ी होती हैं और एक दिन मर जाती है। शब्दों का देहांत होता है। क्योंकि वह देह है। यह निधन करीब-करीब वैसा ही होता है जैसे किसी सामान्य देह का अंत। ऐसा अक्षरों के साथ नहीं होता। वे अक्षर हैं। शुद्ध हैं। उनमें पंचतत्त्व जैसी कोई मिलावट नहीं होती। शब्द-देह मिलावट से बनती है। और हर देह की तरह उसका एक तय अर्थ होता है।

यह मुगालता काफी लोगों को रहता है कि लिखित शब्द ज्यादा दिन जीवित रहते हैं। लिखे हुए की ठोस उपस्थिति और स्थायित्व के कारण। वास्तविकता इसके ठीक उलट है। बोले हुए शब्दों की उम्र कहीं अधिक होती है। संभव है कि कोई शब्द-देह लिखित रूप से मर जाने के बाद भी वाचिक परंपरा में बची रहे। यह परंपरा दो जिल्दों वाले किसी कोश की मोहताज नहीं होती। उसे यह परवाह भी नहीं होती कि उसे निश्चित अर्थ कब दिया जाएगा। ज्यादातर शब्द इसी परंपरा से आते हैं और अपने जीवन के अंतिम दिनों में लौटकर वहीं चले जाते हैं। उन दिनों वे बचे जरूर रहते हैं, पर उन्हें पता होता है कि लिखित दुनिया में उनकी वापसी बहुत कठिन है। लगभग असंभव।

भाषाओं के बीच शब्दों का आना-जाना लगा रहता है। कई बार ऐसा होता है कि कोई शब्द-देह दूसरी भाषा में जाए, कुछ दिन चमके और फिर मर जाए। इसमें यह संभावना बची रहती है कि वह शब्द-देह अपनी मूल भाषा में बनी रहे। बची रहे। ऐसा कई बार ऐतिहासिक कारणों से होता है। हिंदी-अंग्रेजी के बीच या फिर हिंदी-उर्दू के बीच। टोपी, पंडित, गुरु या लाठी का अंग्रेजी में और स्टेशन, कप या मिनट का हिंदी में आना—यही आवाजाही है। लगता है कि ये शब्द दोनों भाषाओं में अभी टिकेंगे। कब तक, यह नहीं मालूम।

हिंदी से कई शब्द उर्दू में गए। कुछ संस्कृत से अपभ्रंश होकर बरास्ता हिंदी उर्दू तक पहुँचे। मसलन, 'विस्तार' हिंदी से उर्दू में गया। गजब की शब्द-देह थी। नजीर और मीर के जमाने तक विस्तार की तूती बोलती रही। उसका प्रयोग आश्चर्यजनिक था। अर्थ-विस्तार अद्‌भुत था। मीर का एक मिसरा यही बात अपने अंदाज में कहता है :

'क्या बात थी कि जिसका ये विस्तार हो गया!'

इतना ही नहीं, अक्षर और प्रेम भी मीर साहब के यहाँ थे :

'इच्छर तो हैं प्रेम के दो ही लेकिन है विस्तार बहुत।'

दुर्भाग्य से मीर के बाद उर्दू में 'विस्तार' का देहांत हो गया। संस्कृत का एक शब्द है–उदक्। इसी के अपभ्रंश से अवधी और भोजपुरी में 'ओक' वजूद में आया। लिखित भाषा में उसका देहांत हो गया है, पर वाचिक परंपरा में वह जीवित है। चुल्लू से पानी पीने को ओक से पीना अब भी कहा जाता है। उलटी करने को ओकना कहते हैं। जिन दिनों ओक की तूती बोलती थी, वह उस ऊँचाई पर पहुँचा कि उस्ताद ग़ालिब उस शब्द-देह को अनदेखा नहीं कर सके।

पिला दे ओक से साकी जो हमसे नफरत है
पियाला गर नहीं देता; न दे, शराब तो दे।

कुछ शब्दों का विस्तार इतना होता है कि किसी को भी भौचक कर दे। फ़िराक़ गोरखपुरी ने इसका एक उदाहरण साफ को लेकर दिया। हर प्रयोग में बदले अर्थ के साथ। यह उस शब्द-देह की जवानी के दिनों का आलम है। फ़िराक़ ने हाथ, दिल और दिमाग के साथ 'साफ' लगा कर देखने का जिक्र किया। एक शेर का हवाला दिया :

'साफ छुपते भी नहीं, सामने आते भी नहीं।'

सब कुछ साफ-साफ कहा। कहा कि घोड़ा दो गज की टट्टी साफ कूद गया। 'उर्दू भाषा और साहित्य' में उन्होंने साफ के बीस से ज्यादा प्रयोग दिखाए। उनमें से कुछ अब मर गए हैं। कुछ मरणासन्न हैं। यह अर्थ का निधन है, जिसमें शब्द कई बार साफ बचा रह जाता है।

दरअसल यह एक प्रक्रिया का हिस्सा है। अक्सर शब्द-देह के मरने से पहले उसका अर्थ मरता है। यह शब्द के देहांत का प्रारंभिक लक्षण है, जिसमें शब्द-देह का अर्थ सिकुड़ने-बदलने लगता है। नॉम चॉम्स्की इसी को शब्दों का बुढ़ापा कहते हैं। शब्द-युग्मों के संदर्भ में यह प्रक्रिया और साफ नजर आती है। इसी से पता चलता है कि विशेषण जुड़े शब्द सबसे पहले अपंग होते हैं। इसका एक आम उदाहरण 'लाल गेंद' या 'पीली कोठी' है। चॉम्स्की इन दोनों शब्द-युग्मों के

आधुनिक सन्दर्भ में प्रयोग में अर्थ-संकुचन देखते हैं। जिस गेंद को लाल कहा जाता है, हकीकत में उसकी केवल ऊपरी सतह लाल होती है। पीली कोठी उसे मान लिया जाता है, जिसकी बाहरी दीवारें पीले रंग की हैं। प्रश्नकर्ता और उत्तर देने वाला इन बारीकियों में नहीं जाता और 'सतही' स्तर पर संतुष्ट हो जाता है। उलटे, सवाल करने वाले को 'छिद्रान्वेषी' माना जाता है।

न्यूयॉर्क विश्वविद्यालय के प्रोफेसर जॉन बार्ग के मुताबिक शब्द-देह न केवल खुद बूढ़ी होती है वह पढ़ने वाले को भरी जवानी में बूढ़ा बना देने की कुव्वत रखती है। बार्ग ने एक और प्रोफ़ेसर मार्क चेन के साथ मिलकर शब्द-देह पर कई प्रयोग किए। उन्होंने पाँच-पाँच लोगों के दो समूह बनाए और उन्हें पहले से तय कुछ शब्दों के साथ वाक्य बनाने को कहा। एक समूह के शब्दों में 'प्रयास', 'आशा', 'विश्वास', 'सफलता' और 'हँसी' जैसे शब्द थे। दूसरे समूह के पास 'चिंता', 'परेशानी', 'झुर्रियाँ', 'बूढ़ा' और 'अकेलापन' थे। वाक्य बनाना कठिन नहीं था। दोनों समूहों ने पाँच मिनट में इन शब्दों का इस्तेमाल करते हुए वाक्य बना दिए। परीक्षा का अगला चरण रोचक था।

दोनों समूहों को एक लंबे गलियारे से होते हुए इंटरव्यू के लिए जाना था। कमरे से बाहर निकलने तक शब्द-देह ने अपना असर दिखाना शुरू कर दिया था। शोधकर्ताओं ने पाया कि जिन लोगों के पास सकारात्मक शब्द थे, उनकी चाल सहज और सामान्य थी। नकारात्मक शब्दों वाले समूह की गति धीमी हो गई थी। उनके दिमाग बूढ़ा महसूस करने लगे थे। आधा गलियारा पार करने के बाद उन्हें अचानक पीछे छूट जाने का एहसास हुआ और वे असामान्य रूप से तेज चलते हुए सकारात्मक समूह से आगे निकल गए। यह वही हड़बड़ी थी जो बहुत कम वक्त बचने के सोच के साथ आती है। यानी उन्हें जो करना है, जल्दी करना है।

यह शब्द-देह की संगत का असर है। ऐसे शब्दों का, जो अभी खुद बूढ़े नहीं हुए हैं। अपने बुढ़ापे में वे न जाने क्या करें। शब्द-देह के साथ जरा-सी भी असावधानी घातक हो सकती है। उसका पहला

और आसान शिकार शब्दों के बाजीगर होते हैं। जिन्हें गलतफहमी है कि वे शब्द-देह से खेल रहे हैं। यह खेल दरअसल शब्द-देह का है। उनका नहीं।

7 अगस्त, 2005

अंग्रेजी आल्हा

भारत एक घटना-प्रधान देश है। घटनाओं से संचालित होता है। उन्हें ही याद रखता है। उसकी यात्राएँ एक घटना से दूसरी घटना तक होती हैं। बाकी सभ्यताओं की तरह उसकी भी पूरी स्मृति घटनाओं से बनी है। लेकिन एक फर्क के साथ। वह समय को रैखिक नहीं मानता इसलिए पुरानी घटनाएँ लौट-लौटकर उसके पास आती हैं। उसके लिए युद्ध और शांति दोनों घटनाएँ हैं। न छोटी, न बड़ी। बराबर की। वैसे भी घटना का आकार उसके लिए कोई मायने नहीं रखता। उसे बड़ी घटना केवल इसलिए याद नहीं रहती कि वह बड़ी थी। छोटी घटनाओं के सहारे उसे सहेजा जाता है। इसमें कई बार छोटी घटना बड़ी घटना से भी बड़ी हो जाती है। खासतौर पर इतिहास में।

पिछले डेढ़ सौ साल के इतिहास में ऐसी दो घटनाएँ हुई हैं। अठारह सौ सत्तावन का पहला स्वतंत्रता संग्राम और उन्नीस सौ तीस का नमक आंदोलन। इन घटनाओं को इतिहास ने अलग-अलग देखा। लेकिन लोगों ने उसे नई शक्ल दे दी। दोनों को जोड़ दिया। मामला हत्या का था। पहली घटना में एक हत्या हुई। दूसरी में उसका पुनर्जीवन। उत्तर भारत में फैली आजादी की आग दबाने के बाद अंग्रेजों को लगा कि उनसे कहीं चूक हुई है। उन्होंने इसके कारण ढूँढ़ने शुरू किए। उसी में उनको आल्हा मिला। उन्हें लगा कि सिर्फ गाने से लोगों में इतनी उत्तेजना भरने वाली इस परंपरा में जरूर कोई रहस्य छिपा है। अंग्रेजों ने आल्हा का विशद अध्ययन किया। उसे खत्म करना तय पाया गया। लेकिन नफासत के साथ।

यह जिम्मा फर्रुखाबाद के कलक्टर ने उठाया। बात अठारह सौ साठ के आसपास की है। कलक्टर ने बुंदेलखंड का दौरा किया। खुद कई जगह बैठ कर आल्हा सुना। अल्हैत हर इलाके में अलग-अलग थे। पर नतीजा हर जगह लगभग एक जैसा। फर्रुखाबाद लौट कर उसने अपने मुंशियों को बुलाया। आदेश दिया कि आल्हा गाने वाले सभी लोगों को बुलाया जाए और उसका एक-एक शब्द लिख लिया जाए। बाद में पूरे आल्हे का अंग्रेजी उल्था किया गया। अनुवाद में बात कुछ खास समझ में नहीं आई लेकिन कलक्टर एलियट ने पूरा अनुवाद लंदन भेज दिया। फरुखाबाद में आल्हा संपादित किया गया। उसे नाम दिया गया 'असली आल्हा'। एलियट की अनुमति से यह आल्हा दो बार छपा। सन् अठारह सौ चौंसठ में और फिर उनके आठ साल बाद।

तब से आल्हा वहीं टिका हुआ है। नई घटनाएँ जुड़ने की संभावना से वंचित। जीवित लाश की तरह। उसके दूसरे संस्करण की प्रस्तावना में दर्ज है :

बंदोबस्त कै रहे कलक्टर।
कुछ दिन शहर फरुखाबाद।

मिस्टर सीईं एलियट साहब।
सिगरी आल्हाखंड रमजाद।
गावन वाले जो जाहिर थे।
तिनते लिखवायो त्येहिकाल।
अंग्रेजी में करो तर्जुमा।
लंदन भेज दियो तत्काल।
आज्ञा ले अपने मतबे में।
मुंशी रामसरूप छपाय।
संवत् उन्नीस सौ उन्तिस में।
असली आल्हा नाम धराय।

एलियट ने उत्तर भारत से आल्हा की जीवंत परंपरा नष्ट कर दी। वह आल्हा जो चंद बरदायी के 'कटक्कत घाइल खग्गन खाइ। खटक्कत सेलन खेलन राइ' से चल कर 'तुरतै चलन लगी बंदूकैं। रण में होय लाग घमसान' तक आया था, अचानक रुक गया। ढाल, तलवार से बंदूक और तोप तक की यात्रा ठहर गई। आल्हा अब वाचिक परंपरा का हिस्सा नहीं था। 'असली आल्हा' लिखा जा चुका था। उसमें नया कुछ जुड़ने की गंजाइश नहीं थी। एलियट ने उसकी हत्या कर दी थी। इस तर्क के साथ कि ऐसा उसकी हिफाजत के लिए किया जा रहा है।

आल्हा में पहले स्वतंत्रता आंदोलन का कोई जिक्र नहीं है। आजादी की दूसरी लड़ाई उसमें नहीं है। गाँधी नहीं हैं। भारत छोड़ो आंदोलन नहीं है। देश का विभाजन नहीं है। एलियट ने आल्हा को इससे वंचित कर दिया। ये उल्लेख होते तो वह इतिहास का एक स्रोत होता। आल्हा की हत्या ने देश को उसके जन-इतिहास से काट दिया। ठीक उसी तर्क से जो जॉर्ज बर्नार्ड शॉ ने दिया था। कहा था कि अंग्रेज हर काम तर्क के आधार पर करता है। हत्या करने से पहले वह आपको तर्क से संतुष्ट कर देगा कि आपका मर जाना जरूरी है। इसका कोई विकल्प नहीं है।

गाँधी के नमक आंदोलन ने उन्नीस सौ तीस में भारत को

फिर से अपने पर भरोसा करना सिखाया। रास्ता दिखाया। गाँधी की बात गाँव-गाँव तक पहुँचने लगी। इसमें भजन और ग़ज़लों का बड़ा योगदान था। उसी में किसी को आल्हा की याद आई। एक सशक्त माध्यम के रूप में। संस्कृत में भी उस दौरान काफी काम हुआ। 'सत्याग्रह गीता' लिखी गई।

'एप्रिलस्य दिने षष्ठे धर्मयुद्धं चिकीर्षवः।
सैनिका गाँधी सैन्यस्थ किम कुर्वत रूटरा।'

नमक आंदोलन पर एक शेर था :

'हमें चश्मे रवां से जायका नमकीन मिलता है
हमारे आँसुओं को क्या नमक बन जाना आता है।'

गाँधी सत्याग्रहियों के साथ पाँच अप्रैल को दांडी पहुँचे। अगले दिन उन्होंने नमक कानून तोड़ा। उसके बाद सत्याग्रहियों ने धरासणा और वडाला के नमक भंडारों पर हमला बोला। और अल्हैतों ने गाया :

पांसे उलटी गे धरासणा।
जहवाँ भारी नोन की खान।
धावा करनो ताके ऊपर।
सरोजिनी जी किया पयान।

वडाला तक आते-आते आल्हा में नमक के साथ सांप्रदायिक सद्‌भाव भी जुड़ गया। हिंदू-मुसलिम एकता का मुद्दा शामिल हो गया। परंपरा फिर चल निकली :

आहे वडाला मुंबई माही।
लोगो सुनियो करके ख्याल।
बहुतै नोन बनै जेइ जगहा।
तहवां का अब कहूँ हवाल।
ताके ऊपर भई चढ़ाई।
सेवक बहू जो आए काम।
मिले इसाई और पारसी।
जुटि गे जोधा तब इस्लाम।

इन सब रचनाओं पर अंग्रेजों ने तत्काल प्रतिबंध लगा दिया। किताबें जब्त कर ली गईं। इन्हें गाने वालों को कड़ी सजाएँ दी गईं। यह प्रतिबंधित साहित्य राष्ट्रीय अभिलेखागार में है। नमक आंदोलन पर लगाई गई प्रदर्शनी का हिस्सा है। वह आंदोलन पचहत्तर साल बाद फिर एक घटना बन गया है। शायद यह याद दिलाने के लिए कि पहला स्वतंत्रता संग्राम सिर्फ सिपाही विद्रोह नहीं था। उसकी जड़ें गहरी थीं। सन् तीस तक आती थीं। उसमें देश में नई जान फूँकने की क्षमता थी। ताकत थी। एक परंपरा को पुनर्जीवित करने की। उस आल्हा को जिंदगी देने की, जिसे एक अंग्रेज ने मारा था।

4 सितंबर, 2005

परतदार हँसी

हँसने से चेहरा बदल जाता है। वैसा नहीं रह जाता, जैसा वह है। उसे पहचानना मुश्किल हो जाता है। यह हँसी की खूबी है। उसकी फितरत है। वैसा होने के लिए उसे कुछ करना नहीं पड़ता। वह होती ही परतदार है। उसका सहज स्वभाव है। जब वह रहती है तो वही रहती है। चेहरा नहीं रहता। हँसी का भाव प्रधान हो जाता है। चेहरा गौण। वह एक बड़े झूठ में तब्दील हो जाता है। एक शातिर झूठ, जिसकी पहचान कठिन हो। शिनाख्त के दायरे से ऊपर। चेहरे की पहचान के सामान्य तरीकों से परे। ऐसे में चेहरा सुंदर दिखता है। आकर्षक लगता है। लेकिन पढ़ा नहीं जा सकता। उसके अर्थ दिखते हैं, पर खुलते नहीं। वह जटिल होती है। आसान होने के पूरे भ्रम के साथ।

शब्दों का फरेब दूसरे दर्जे का है। उनमें परतें होती हैं, लेकिन हँसी से काफी कम। शब्द आसानी से खुल जाते हैं। उनकी इबारत सामने आ जाती है। उनके अर्थ नियत हैं। एक सहूलियत शब्दकोश की भी रहती है। परतें उघाड़ने के लिए। हँसी का कोई कोश नहीं है। नाट्यशास्त्र को छोड़ कर। हँसना एक क्रिया है, जिसकी प्रक्रिया उतनी ही जटिल है। उसमें केवल चेहरे की मांसपेशियाँ शामिल नहीं होतीं। पूरा जिस्म शामिल होता है। सिर से लेकर पैर तक। हँसी सबको समेट लेती है। उसमें हर अंग हँसता है।

हँसी एक गाढ़ा नकाब है। नकाब जिस पर पड़ता है, अपने जैसा बना लेता है। बहुत हद तक। चेहरों के बीच का सामान्य अंतर मिटाते हुए। लोगों को सामान्य चेहरों में पहचाना जा सकता है। उनकी बनावट पहचान बन जाती है। आस-पास खड़े दो लोग चुप हों तो अलग-अलग होंगे। हँसेंगे, तो एक जैसे। हँसते हुए चेहरों में हँसी चेहरा छिपा देती है। उनमें अंतर बहुत मामूली रह जाता है। इतना कम कि चेहरों का अध्ययन करने वाली मशीनें भी उन्हें नहीं पकड़ पातीं। उसकी जटिलता के आगे घुटना टेक देती हैं। रोना भी नकाब है। पर हँसने से कम गाढ़ा। रुदन में परतें हँसी से कम होती हैं। हँसते चेहरे पारदर्शी लगते हैं, रोते हुए चेहरे होते हैं। उनके आरपार देखा जा सकता है। इतना साफ कि चेहरों की शिनाख्त हो जाए। हँसी में यह नहीं हो पाता। उसका गाढ़ापन अभेद्य है।

ब्रिटेन ने हँसी का फरेब देख लिया है। स्वीकार कर लिया है। वह हँसी को नहीं समझता, उसका झूठ समझता है। इसकी गंभीरता जानता है। उसे पता चल गया है कि यह नकाब और उसका बेपनाह गाढ़ापन कितना खतरनाक हो सकता हैं। अमेरिका और ब्रिटेन पर हुए आतंकवादी हमलों के बाद से ही इस पर काम चल रहा था। कोशिश थी कि चेहरों की पक्की पहचान की जाए। एकदम पक्की। झूठ-फरेब की गुंजाइश ही न बचे। ऐसा रास्ता ढूँढ़ा जाए कि कोई हँसी हँसी में न निकल सके।

हँसी पढ़ी नहीं जा सकती। रोकी जा सकती हैं। आतंकवाद रोकने

के लिए हँसी रोक दी गई। ब्रिटेन ने उसकी बलि चढ़ा दी। आधिकारिक तौर पर। आदेश जारी कर दिया कि उसका कोई नागरिक अपनी हँसती हुई तस्वीर पासपोर्ट पर नहीं लगाएगा। एक जमाने से न मुस्कराने के लिए प्रसिद्ध ब्रितानी लोग अब सरकारी तौर पर हँसने से परहेज करेंगे। ऐसा सुरक्षा कारणों से किया गया है। पासपोर्ट की तस्वीरों पर अब लोगों का सीधा-सपाट चेहरा होगा। दोनों होंठ मिले हुए। ताकि हँसी का फरेब न चले। ऐसा मशीनों को सहूलियत के लिए किया गया। वे हँसी का नकाब नहीं भेद पातीं लोग हँसते हैं तो मशीनें फँस जाती हैं। उसी में उलझकर रह जाती हैं।

यह प्रतिबंध सरकारी है। निजी जीवन में लागू नहीं है। अकेले में गैर-सरकारी तौर पर हँसना वैध है। सरकारी दस्तावेजों को छोड़ कर हर जगह ठीक है। हँसी को अपराध घोषित करना यों भी कठिन है। उसे जब्त भी नहीं किया जा सकता। वह एक अद्‌भुत भाषा है, जिसकी लिपि दुनिया में कहीं नहीं बदलती। एक ही तरह से समझी जाती है। यह दीगर बात है कि उसकी परतें पूरी तरह कहीं नहीं खुलतीं। लेकिन उसका मोटा अर्थ नहीं बदलता। हँसी में एक छूट हमेशा शामिल रहती है। यह छूट सबके लिए है। एक सुविधा है। आप जिस परत तक उसे खोल सकते हैं, खोल लें।

उसकी संप्रेषणीयता गजब की है। किसी की मोहताज नहीं है। न ध्वनि की। न शब्दों की। होंठ मिले होने पर भी उसकी कुछ किस्में चेहरे पर आ जाती हैं। यह जानना कठिन है कि कौन-सी हँसी ज्यादा धारदार है। उन्मुक्त ठहाका या एक मामूली-सी रेखा। भरत मुनि ने इनमें से काफी किस्में दर्ज कर दी हैं। उस पोथी का अंग्रेजी तर्जुमा मौजूद है। ब्रिटेन को इसका पता था। इसलिए प्रतिबंध मुस्कानों पर भी लगा दिया गया। यह जाने बिना कि हँसी भाषा और शब्दों से कई सीढ़ी ऊपर है। वह जीवन में शब्दों से पहले आ चुकी होती है। जन्म से भी पहले।

जीवन में काफी कुछ जन्म से पहले ही हो जाता है। सोचना-समझना तक। हँसना-रोना इसी से जुड़ा है। समझ नहीं होगी तो हँसना-रोना भी नहीं होगा। मिथकीय भारत के लिए यह कोई

नई बात नहीं है। अमेरिका के लिए है। अभिमन्यु ने चक्रव्यूह तोड़ने का तरीका गर्भ में ही सीखा था। अर्जुन ने सुभद्रा को सातों दरवाजे तोड़ने के बारे में बताया। गर्भवती सुभद्रा को छठा दरवाजा टूटने के बाद नींद आ गई। चक्रव्यूह से बाहर निकलने का गुर नहीं सुन पाई। महाभारत में अभिमन्यु वहीं आकर फँस गया। और मारा गया। सुभद्रा को नींद न आती तो वह सही-सलामत निकल गया होता।

पश्चिम को अब लगा है कि यह संभव है। ब्रितानी और अमेरिकी शोधकर्ताओं ने इसे लगभग मान लिया है। सोचने को वे सोचने की तरह नहीं मानते। समझने को समझने की तरह कबूल करते हैं। मानते हैं कि बच्चा गर्भ में ध्वनियाँ समझने लगता है। शोर और संगीत में फ़र्क कर लेता है। उन पर अलग-अलग प्रतिक्रिया व्यक्त करता है। गर्भ के आखिरी तीन महीने में उसके अंदर भावों की अभिव्यक्ति की क्षमता आ जाती है। वह हँस सकता है। रो सकता है। शोधकर्ताओं ने एक गर्भवती माँ के पेट के पास शोर किया। गर्भस्थ शिशु लंबी साँसें लेने लगा। काँपने लगा। उसकी दाढ़ हिलने लगी। ये संकेत रोने के थे। अच्छे, मधुर संगीत पर उसका मुँह खुल गया। उच्छ्वास की गति बढ़ गई। ये हँसी के लक्षण हैं। अभी इसकी और परतें खुलनी हैं। और समझा जाना है। आखिरकार वह हँसी है। निहायत खूबसूरत लिखावट में दर्ज एक नितान्त अपठनीय विवरण।

18 सितंबर, 2005

झूठ का सच

लोग पहले बोलना सीखते हैं। फिर झूठ बोलना। यह बोली का क्रमिक विकास है। बोलना शुरू करते ही कोई झूठ नहीं बोलता। धीरे-धीरे उस तरफ बढ़ता है। यह प्रक्रिया पंद्रह-सोलह साल की उम्र तक चलती है। लगातार। यह झूठ के साथ प्रयोग की उम्र है। उसके बाद झूठ की आवृत्ति होती है। नया झूठ सीखने-गढ़ने की उम्र तब तक निकल जाती है। लेकिन इससे कोई फर्क नहीं पड़ता। बचपन में सीखा झूठ पूरी उम्र के लिए काफी होता है। उसका असर बना रहता है। नयापन कायम रहता है।

बोले गए झूठ का सीधा संबंध भाषा-ज्ञान से है। शब्द-भंडार से। झूठ बोलने के लिए समुचित शब्द-भंडार होना जरूरी है। जितना बड़ा शब्द-भंडार, उतने ही बड़े झूठ की संभावना। भाषा विज्ञानी मानते हैं कि शब्दों का जखीरा ही झूठ का आधार है। वही उसे परतदार बनाता है। यह विकास का स्थापित मॉडल है। लोग बच्चे से ऊलजलूल बातें करते हैं कुछ भी बोलते रहते हैं। उसे झूठ बोलने पर मजबूर करते हैं। इस उम्मीद में कि वह पहला झूठ बोले। उसका इंतजार करते हैं। मानते हैं कि झूठ बोलने वाले बच्चे ज्यादा प्यारे होते हैं। झूठ बोले तो उन्हें तसल्ली हो कि बच्चा सामान्य है। उसका विकास ठीक ढंग से हो रहा है। उनकी अगली पीढ़ी सुरक्षित है।

आज तक यह पता नहीं था कि झूठ बोलने की शुरुआत कब होती है। अटकलें थीं। ठोस जानकारी नहीं थी। अब पता चल गया है। दिल्ली के भारतीय प्रौद्योगिकी संस्थान की प्रोफेसर रुक्मिणी भाया नायर इस नतीजे पर पहुँची हैं कि ऐसा पहली बार लगभग चार साल की उम्र में होता है। तब तक बच्चे का शब्द-भंडार इतना बड़ा हो जाता है कि वह अपना पहला झूठ बोल ले। इस झूठ में परतें नहीं होतीं। सीधा-सपाट होता है। अनगढ़। इस झूठ को झूठ नहीं कहते। उसमें दोष नहीं होते। देखे नहीं जाते। गुण देखे जाते हैं। वह दिन याद रखा जाता है। जीवन में प्रवेश की पहली सीढ़ी। उसे हँसकर टाल दिया जाता है। माता-पिता इस बात से संतुष्ट होते हैं कि बच्चे ने झूठ बोला। इससे उम्मीद बँधती है। लगता है कि वह बड़ा होकर सामान्य जीवन जी सकेगा। बिना बोले झूठ बोल लेगा। आँखों से। और जरूरी होने पर हावभाव से।

झूठ बहुत जरूरी है। कल्पनाशीलता का आधार है। बच्चों को इससे वंचित करना गलत है। विकास की सीढ़ी का एक पायदान हटाने जैसा। रुक्मिणी का निश्चित मत है कि झूठ बच्चों को बाद की कठिन दुनिया के लिए तैयार करता है। बड़ा होने पर उनके बहुत काम आता है। झूठ से बच्चे की दुनिया बड़ी होती है। मौजूदा वास्तविक दुनिया उसके एक कोने में रह जाती है। उसमें तमाम नई चीजें आती हैं। रहती हैं।

वह अपनी दुनिया की खाली जगह उड़ने वाले घोड़ों, परियों, राजा-रानी और भूत-प्रेत से भरता है। वह सिर्फ खाका नहीं होता। उनमें रंग होते हैं। ये रंग धीरे-धीरे हल्के पड़ते जाते हैं। बड़ा होना बदरंग होना हो जाता है।

किस्सागोई और दास्तानगोई का झूठ सांस्कृतिक अस्तित्व की रीढ़ है। झूठ हट जाए तो संस्कृति का पूरा ढाँचा चरमरा कर बैठ जाए। साहित्य इसी से पैदा होता है। कविता इसी से उपजती है। देखने को कहना कविता नहीं है। सोचने को कहना भी नहीं। कविता कहने को सोचती है। उसमें रंग भरती है। उसका विस्तार करती है। मैक्सम्यूलर ने अपनी आत्मकथा में इस पर खासा जोर दिया है। भाषा और सोच से झूठ हटाने का विरोध किया है। खासकर बचपन में। यह विकास का हिस्सा है। उड़ने वाले घोड़े नहीं होंगे तो बाद की उड़ान असंभव हो जाएगी। जादुई छड़ियाँ नहीं होंगी तो सपने भी नहीं होंगे। सपनों का मर जाना होगा। तब सिर्फ तर्क और विज्ञान रह जाएगा। यानी कुछ नहीं रह जाएगा।

सांस्कृतिक अस्तित्व बचाने में माँ की भूमिका ज्यादा बड़ी होती है। पिता से अधिक। पिता की दुनिया अक्सर पत्थर की होती है। एकदम ठोस। उसका बदलना मुश्किल है। टूट जाने का खतरा उसमें शामिल है। पुरुष-प्रधान समाज पथरदेवा है। उसमें छूट नहीं मिलती। इसके उलट माँ की दुनिया है बगुलपंखी सफेद। कोरा कैनवस। बच्चे को मनचाहे रंग भरने की पूरी छूट देती हुई। अपनी परवाह किए बिना। वह अपना रंग बचाने की कोशिश नहीं करती। अपने बच्चे का झूठ पढ़ लेती है। उसकी सभी परतें। उसकी नजरों से कुछ नहीं छिप सकता। वह बेमतलब रोकटोक नहीं करती। सीमा जानती है, जहाँ से झूठ में स्वार्थ शुरू होता है। वह बच्चे का झूठ बचाती है। इस प्रयास में सांस्कृतिक अस्तित्व बच जाता है। बहुत संभव है वह ऐसा जानबूझ कर करती हो।

बच्चा पहला झूठ अपनी माँ से बोलता है। चार साल की उम्र के आस-पास। कृष्ण ने यही किया। मटकी से मक्खन निकालकर खाया।

चोरी से। माँ ने पूछा तो झूठ बोल दिया। कह दिया कि मैंने नहीं खाया। मटकी तो बहुत ऊपर थी। सिकहर पर। निश्चित तौर पर यह उनका पहला झूठ नहीं था। वह इससे पहले भी झूठ बोल चुके होंगे। इस किस्से तक आते-आते कृष्ण परतदार झूठ बोलने में पारंगत हो गए थे। सूरदास ने इस झूठ की कई परतें गिनाईं। पहले कहा कि मैंने नहीं खाया। फिर सफाई दी कि मैं घर में था ही नहीं। गाय चराने गया था। तुम्हीं ने भेजा था। जब लगा कि बात नहीं बन रही है तो कह दिया कि दूसरों ने जबरन मेरे मुँह पर मक्खन लगा दिया। एक झूठ पर दूसरा झूठ। दूसरे पर तीसरा। माँ ने प्रतिवाद नहीं किया। मुस्कराईं। और कृष्ण को गले से लगा लिया।

इस झूठ में परतें हैं। रहस्य नहीं है। सच छिपाने की कोशिश है। अहित करने का इरादा नहीं है। आत्मरक्षा का भाव है। स्वार्थ नहीं है। टेढ़ी-सी मगर निष्कलुष कल्पनाशीलता। झूठ होता ही टेढ़ा है। बचपन में भी। उसकी परतें ऐंठी हुई होती हैं। पर इतनी नहीं कि खोली न जा सकें। उसमें स्वार्थ के छिपने की न जगह होती है, न संभावना। और दिखने वाला स्वार्थ किसी को आहत नहीं करता। उस समय तक वह झूठ नहीं है, स्वाभाविक विकास है। उसे लेकर चिंता तब होनी चाहिए, जब उसकी परतों में स्वार्थ दिखाई देना बंद हो जाए। हो, पर नजर न आए। जब उन परतों से उम्र न गिनी जा सके। ये परतें बोले हुए झूठ की हैं। बोली सीखने के बाद की। शब्दों के रहस्य से लबरेज। हो सकता है शुरुआती दौर में भी वह पूरी तरह न खुलता हो, पर होता बहुत आकर्षक है। उसके जाल से न बच सकते हैं, न बचने की जरूरत है।

2 अक्तूबर, 2005

ईश्वर के अलावा

हर सवाल का एक जवाब है। या शायद एक से अधिक। सवाल की सार्थकता इसी में है कि उसका उत्तर हो। यह सवाल के अस्तित्व का सवाल है। उत्तर नहीं हो तो सवाल भी नहीं रहेगा। उसकी उपयोगिता नहीं रहेगी। सवाल का तिलिस्म टूट जाएगा। उसे कोई नहीं पूछेगा। यक्ष ने सवाल पूछे। कठिन सवाल। वे बच गए। इसलिए कि युधिष्ठिर थे। उन्होंने यक्ष के प्रश्नों के उत्तर दिए। यक्ष संतुष्ट हो गया। युधिष्ठिर न होते तो वह बेमानी हो गया होता। अपने सवालों सहित। यह दुनिया उत्तर पर टिकी हुई है। प्रश्न पर नहीं। उत्तर पहले आते हैं। प्रश्न उसके बाद।

सारे उत्तर यहीं मौजूद हैं। कमी प्रश्नों की है। सारे प्रश्न अभी तक गढ़े नहीं गए। पृथ्वी के तमाम उत्तर सवालों की प्रतीक्षा में हैं। प्रश्न नहीं हैं, इसलिए उत्तर अँधेरे में हैं। वेद कहते हैं कि वह सब कुछ इसी धरती पर है, जिस पर यह धरती टिकी है। उदार प्रकृति के सामने प्रश्नकर्ता सीमित हैं। बौने हैं। धरती में धैर्य है। कोई हड़बड़ी नहीं है। वह प्रश्नकर्ता को पहल करने की छूट देती है। इंतजार करती है। जब सवाल आएगा, जवाब आएगा, जवाब मिल जाएगा। धरती ने सवाल-जवाब को लुका-छिपी का खेल बना दिया है। अपने जवाब जहाँ-तहाँ छिपा दिए हैं। प्रश्न चुनौती हैं। लेकिन उनसे बड़ी चुनौती प्रश्नों के छिपे हुए उत्तर ढूँढ़ना है। उन्हें जहाँ भी छिपाया गया हो।

उपस्थिति उपलब्धता सुनिश्चित नहीं करती। लेकिन इसमें एक गुंजाइश बची रहती है। इससे यह साबित नहीं होता कि अनुपस्थिति अनिश्चितता है। आम सोच और वैज्ञानिक दृष्टिकोण में एक अंतर यह भी है। उत्तर नितांत एकाकी हो सकता है। प्रश्न में व्यक्ति हमेशा मौजूद होता है। अपनी उपस्थिति दर्ज कराने की इच्छा के साथ। विज्ञान प्रश्न पूछने पर जोर देता है। उत्तर की सहज उपलब्धता और उपस्थिति स्वीकार नहीं करता। उसे अनिश्चित मानता है। जब तक ठोस तर्क न मिल जाएँ। यह दुनिया को देखने का एक नजरिया है। इसमें कुछ गलत नहीं है।

यह जटिलता का सरलीकरण है। या उसका विलोम। विचार विकेंद्रीकरण इसी से प्रारंभ होता है। प्रश्नों के उत्तर कई बार सीधे नहीं होते। एक सवाल से हासिल नहीं हो पाते। कई सवाल पूछने पड़ते हैं। एक अलिखित सामूहिकता के साथ। प्रश्न और उत्तर की जटिलता सानुपातिक है। जितना टेढ़ा उत्तर, उतना ही जटिल प्रश्न। लेकिन यह हमेशा जरूरी नहीं होता। कुछ जटिल सवालों के जवाब निहायत आसान हो सकते हैं। सुलभ होते हैं। बस नजर नहीं आते। जवाब मिलने पर पता चलता है कि बात उतनी टेढ़ी थी ही नहीं। इसके उलट एक दूसरी स्थिति भी है। इसमें कई दफा जटिल प्रश्नों को तोड़ना पड़ता है। टुकड़ों-टुकड़ों में। आसान बनाने के लिए ताकि टुकड़ों में ही सही, उनका

जवाब मिल सके। और उम्मीद बनी रहे कि एक दिन इन्हें जोड़कर पूरी तस्वीर बन जाएगी। सवालों को इसी आधार पर खाँचों में रखा जाता है। वर्गीकरण किया जाता है। कठिन सवाल। आसान सवाल। निरर्थक सवाल। उत्तर का वर्गीकरण इस तरह नहीं होता। ऐसा करना कठिन है। कठिन या आसान जैसा आसान नहीं है। प्रश्न प्रायः ठोस दिखते हैं। इस दिखने में होना शामिल नहीं होता। जरूरी भी नहीं होता। प्रश्नों का स्वरूप ही ऐसा है। उत्तर तरल होते हैं। अक्सर सवाल के पैमाने पर नापे जाते हैं। उनकी शक्ल बदलती रहती है। निरंतर। कोई स्थायी भाव नहीं होता। यही तरलता उनका विस्तार असीम बनाती है। उस विस्तार का आधार बनती है। कई बार उत्तर होकर भी नहीं होते। न तार्किक। न संतोषजनक। पर उनकी मौजूदगी खारिज नहीं की जा सकती। कुछ अन्य उत्तर, उत्तर नहीं होते। उनका विफल प्रयास होते हैं। बावजूद इसके उनकी उपलब्धि कम नहीं होती। बड़ी होती है। सवाल की जानबख्शी करती है। उसे बचा लेती है। सम्मानजनक ढंग से। ताकि बाद में कोई आए और उसे अपने ढंग से पूछे।

ईश्वर से संबंधित सवाल इसी श्रेणी में आते हैं। उसकी अनिश्चतता, अनुपस्थिति और अनुपलब्धता के कारण। इससे जुड़े सारे जवाब अतार्किक हैं। अवैज्ञानिक हैं। ये जवाब हैं भी, नहीं भी। पृथ्वी, प्रकृति, अंतरिक्ष, आकाश गंगाएँ भी इसी श्रेणी में हैं। इसका कोई जवाब नहीं है कि यह सब किसने बनाया? और क्यों? इससे बड़ा प्रश्न यह है कि इसे चलाता कौन है? हिंदू धर्मविधान में त्रिमूर्ति की परिकल्पना है। कहा जाता है कि ब्रह्मा ने उसे बनाया, विष्णु ने चलाया और शिव ने संहार किया। पर जो इसे नहीं मानते, वे क्या मानें? विकास का सिद्धान्त इस पर खरा नहीं उतरता। एक जवाब मिलता है, दस सवाल खड़े हो जाते हैं। यह मामला मूलतः ईश्वर का है ही नहीं। सत्ता का है। सत्ता केंद्र का है।

एक अंतर्राष्ट्रीय प्रसारण संस्थान ने सर्वेक्षण कराया। दुनिया भर में लोगों से पूछा। आपकी दुनिया कौन चलाता है? विश्व की तैंतालीस बड़ी भाषाएँ बोलने वालों को इसमें शामिल किया गया। भाषा के प्रसार के हिसाब से दुनिया की तीन चौथाई से ज्यादा

आबादी। जवाब मिले, पर सब अपूर्ण। असंतोषजनक। प्रश्न का विकेंद्रीकरण काम नहीं आया। दुनिया के पहले 'आपकी' जोड़ना बेकार गया। सरलीकरण से कुछ हासिल नहीं हुआ। इस स्पष्टीकरण के बावजूद कि सवाल 'क्या' नहीं, 'कौन' है। नई कवायद पुरानी पड़ गई।

एक उत्तर था, 'औरतें।' औरतें दुनिया चलाती हैं। औरतों ने कहा कि यह दुनिया उनकी है ही नहीं। ताकतवर लोग, बड़ी आर्थिक शक्तियाँ, नकारा लोग, पैसा, ईश्वर। ये कुछ और उत्तर थे। एक ने कहा, "पता नहीं। मैं चलाता तो बेहतर होता। निश्चित रूप से। पर ऐसा है नहीं।"

मतलब यह कि नया कुछ हासिल नहीं हुआ। बस, सवाल की जान बच गई। जवाब वही रहा, जो सवाल से पहले था। सब कुछ साफ-साफ कहने के बाद भी। यह बताने पर भी कि सवाल आध्यात्मिक नहीं है। सत्ता का है। ताकत और नियंत्रण का। प्रश्नकर्त्ता को सिर्फ यह जानना है कि सत्ता किसके पास है? कौन इसे पाना चाहता है? इसका इस्तेमाल कैसे हो रहा है? और यह बदल कैसे रहा है? इन सवालो में सादगी थी। साफगोई थी। शब्दों में सोच था। ये सवाल साधारण दिखते थे। थे नहीं। खासतौर पर यह कि ऐसा कौन है, जिसके पास सत्ता थी, पर अब नहीं है? और क्यों?

गनीमत है कि कुछ सवालों के ठीक उत्तर नहीं मिलते। छिपे रह जाते हैं। बच जाते हैं। उनके साथ बहुत कुछ और बच जाता है। यह संभावना बच जाती है कि भविष्य में उसका कोई सार्थक उत्तर मिल सकेगा। ऐसे प्रश्नों को बचाकर रखना जरूरी है। उत्तर जानने से ज्यादा जरूरी। सत्ता को एक जगह केंद्रित होने से बचाने के लिए। एकध्रुवीय दुनिया में किसी केंद्र पर बहुत भरोसा नहीं किया जा सकता। न ईश्वर पर, न उन पर जो खुद को खुदा समझते हैं। मानते हैं कि दुनिया वही चलाते हैं। उनकी खुशफहमी दुनिया की खुशकिस्मती है।

16 अक्तूबर, 2005

खिलो कुरिंजी

एक रेलगाड़ी कोलंबो से रवाना हुई। ठीक वक्त पर। उसे अर्स्स किलोमीटर की दूरी तय करनी थी। पोलगावेला स्टेशन तक। वह खरामा-खरामा चली। रोज की तरह। रास्ते के कस्बों-गाँवों का ख्याल रखते हुए। लोगों से मिलते हुए। रुकते-रुकाते। वह पोलगावेला पहुँची। इस खुशी के साथ कि उसने किसी की उपेक्षा नहीं की। उसे वक्त का ख्याल नहीं था। लोगों की सुविधा का था। उसे वही ठीक लगा। लेकिन सबको नहीं वक्त के पाबंद कुछ यात्रियों को यह देरी नागवार गुजरी। उन्हें गुस्सा आ गया। गाड़ी निर्धारित समय से डेढ़ घंटा विलंब से पहुँची थी। यात्रियों ने गाड़ी के ड्राइवर और गार्ड को पीट दिया। लोगों की सुविधा एक बात है। पर वक्त के साथ ऐसा मजाक उन्हें पसंद नहीं आया। वे समय की गरिमा समझते थे। पाबंदी के हिमायती थे। वक्त को गंभीरता से लेते थे।

कुछ दिन बाद वही गाड़ी फिर उसी यात्रा पर रवाना हुई। समय पर छूटी। गाड़ी का ड्राइवर वही था। गार्ड भी। दोनों को पिछला वाकया याद था। गाड़ी की रफ्तार कहीं धीमी नहीं पड़ी। पूरे रास्ते। वह किसी स्टेशन पर तय वक्त से ज्यादा नहीं रुकी। रास्ते में जो आया, आया। जो छूट गया, छूट गया। गाड़ी ने छूटने वालों की परवाह नहीं की। उस रोज पोलगावेला स्टेशन वक्त से पहले आ गया। निर्धारित समय से पहले। स्टेशन पर जमा लोग हैरान थे। उन्होंने इंजन के पास जाकर ड्राइवर को बुलाया। गार्ड के पास गए। स्टेशन मास्टर को वहीं ले आए। और तीनों की पिटाई कर दी। इसलिए कि गाड़ी वक्त से पहले आई थी। वक्त की पाबंदी का पुनः उल्लंघन।

एक फूल खिलने वाला है। कुरिंजी। उससे आज तक किसी को शिकायत नहीं हुई। उसने मौका ही नहीं दिया। वह ठीक वक्त पर खिलेगा। सदियों से उसका एक क्रम रहा है। हर बारह साल में खिलने का। अद्भुत नियमितता। डेढ़ सौ साल का लिखित इतिहास मौजूद है। उसमें कहीं कोई व्यतिक्रम दर्ज नहीं है। नीले रंग का कुरिंजी तमिलनाडु में नीलगिरि पहाड़ियों पर खिलता है। पहाड़ का नाम कुरिंजी के नाम पर ही है। कुरिंजी खिलता है, तो पूरा पहाड़ नीला दिखने लगता है। आसमान के नीलेपन को चुनौती देता हुआ। वह खिलता है, तो पहाड़ खिल उठता है।

तमिल संगम कवियों ने इसका जगह-जगह जिक्र किया है। लगभग स्तुति। अंग्रेजों ने पहली बार कुरिंजी का इतिहास लिखा। स्थानीय लोगों के लिए कुरिंजी सिर्फ फूल नहीं है। वह समय है। समय नापने का पैमाना है। उनका जीवन कुरिंजी के आसपास घूमता है। मुदुवार आदिवासी कुरिंजी से उम्र नापते हैं। मानते हैं कि कोई पाँच कुरिंजी जिया, तो बहुत जिया। रॉबर्ट वाइट ने अट्ठारह सौ अड़तीस में इसे देखा था। खिला हुआ। आजादी के एक साल पहले भी इसमें फूल आए थे। इस शताब्दी में कुरिंजी पहली बार अगले साल खिलेगा। उसे खिलना ही है। कुरिंजी से किसी को शिकायत

नहीं है। वह मिसाल है। वक्त की पाबंदी की।

वक्त को लेकर मुगालते बहुत हैं। इस वक्त में। पहले शायद ऐसा नहीं रहा होगा। बहुत पहले। उस वक्त में, जब वक्त एक ही था। पूर्ण और अविभाजित। वह विराट था। सबका था। सबके लिए था। उसे तोड़ा नहीं गया था। उस वक्त में सहूलियतें थीं। कोई खोचा नहीं था। सारा का सारा वक्त एक साथ था। सब उसी में था। अतीत-वर्तमान-भविष्य। सब। उस वक्त में किसी का अतीत दूसरे का भविष्य हो सकता था। किसी का वर्तमान, दूसरे का अतीत। वर्तमान हर पल खिसक कर भविष्य से अतीत नहीं बनता था। उसमें सहज आवाजाही मुमकिन थी। समय का विभाजन होने तक यह मुमकिन था। अब संभव नहीं है।

ब्रितानी वैज्ञानिकों का एक दल इसी नतीजे पर पहुँचा है। उन्होंने एक उदाहरण के जरिए इसे समझाने की कोशिश की। निहायत अवैज्ञानिक ढंग से। उदाहरण में एक नदी थी। उसके किनारे एक पेड़ था। पेड़ का एक पत्ता टूट कर नदी में गिरा। पानी में बह कर कहीं दूर किनारे जा लगा। उन्होंने कहा कि यह सब पहले तय था। नदी और पेड़ का वहाँ होना। पत्ते का टूटना। बहना। और एक जगह रुक जाना। वैज्ञानिकों ने कहा कि इसे तार्किक ढंग से समझाया नहीं जा सकता। लेकिन जिसके लिए आज का वर्तमान अतीत होगा, उसने इसे पहले ही देख लिया होगा।

कुरिंजी वक्त का पाबंद है। यह बात चर्च को पसंद आई। कोडईकनाल के शेनबागनूर चर्च में इस फूल का वर्षवार विवरण मौजूद है। धर्म के लिए कुरिंजी एक उदाहरण है। वक्तव्य है। पाबंदी न होती तो चर्च कुरिंजी को न पूछता। उसे ऐसी हर चीज की जरूरत थी, जिससे समय को तोड़ा जा सके। अतीत, भविष्य और वर्तमान का विभाजन काफी नहीं था। वर्तमान लगातार सिकुड़ रहा था। ऐसे में केवल अतीत और भविष्य बचता। इनके भरोसे रहने पर समाज के टूटने का डर था। उस आदिम वक्त में धर्म ने यह जिम्मा अपने ऊपर ले लिया। वक्त के टुकड़े करने का। ताकि समाज को सँभाला जा सके।

धर्म ने प्रकृति को अपना आधार बनाया। ऋतुएँ निर्धारित कीं। मौसम को नाम दिए। सूरज-चाँद के सहारे दिन-रात गढ़े। सब पर धर्म का मुलम्मा चढ़ा दिया। जो भी मौजूद था। उसके बाद समय को तोड़ने की प्रक्रिया कभी बंद नहीं हुई। आज तक जारी है। इसके वांछित परिणाम मिले थे। समाज उन टुकड़ों के चारों ओर घूमने लगा था। अपनी पकड़ और पुख्ता बनाने के लिए धर्म ने दिन को तोड़ा। सुबह, दोपहर, शाम में। प्रहर और पल बनाए। चौघड़िया बनाई। लोगों को वक्त के साथ बाँध दिया। मजबूती से। समाज के नाम पर अपने प्रति जवाबदेह बनाने के लिए। वक्त का खूँटा अब नहीं उखड़ेगा।

इस प्रक्रिया में रात बची रह गई। उसके टुकड़े कम हुए। दिन की तरह नहीं हुए। धर्म को यह खटक रहा था। वक्त की इतनी बड़ी इकाई को अकेला नहीं छोड़ा जा सकता था। यह आजादी निरंकुश हो सकती थी। उसके खतरे थे। इसे तोड़ने के लिए धर्म एक बार फिर आगे आया। चर्च ने भूमिका निभाई। रेतघड़ी और जलघड़ी तब तक बन चुकी थीं। पर उस विभाजन में एकरूपता नहीं थी। चर्च ने इसका रास्ता निकाला। पहली मशीनी घड़ी उसके सहयोग से बनी। हालाँकि घंटे-घड़ियाल पहले ही आ चुके थे। सभी धर्मों में। चर्च की पहल ने उन्हें तकरीबन बेकार बना दिया। वक्त पर अब उसका कब्जा था।

विभाजन के मार्फत नियंत्रण। वक्त को तोड़ कर धर्म ने यही किया। उसके छोटे-छोटे टुकड़े कर दिए। इतने छोटे कि कोई उसे अपना वक्त न समझ सके। पूरा वक्त किसी के पास रह ही न जाए। जो भी रहे, दूसरे के वक्त में रहे। या, अपने छोटे-से वक्त में उलझा रहे। यह धर्म के लिए सुविधाजनक था। यही सत्ता के भी काम आया। धार्मिक सत्ता इसी से बनी। राजनीतिक सत्ता ने इसी का हवाला दिया। हर जगह। कभी साथ-साथ। कभी अकेले। इसी के दम पर आर्थिक सत्ता खड़ी हुई। वक्त का टूटना सबको रास आया। सामाजिक सत्ता इससे बहुत भिन्न नहीं होगी। वह जब भी बने।

13 नवंबर, 2005

बाँसुरीवादक चिड़िया

चिड़िया मनमौजी होती है। हमेशा मस्ती के आलम में। एक निहायत खुदमुख्तार अस्तित्व। वह अपने मन से गाती है। खुद तय करती है कि उसे कब गाना है। कब चुप हो जाना है। अपने गाने में बिना मतलब अर्थ नहीं ढूँढ़ती। अक्सर बेवजह गाती है। इसलिए नहीं गाती कि किसी ने कहा है। इसलिए चुप नहीं होती कि किसी ने मना किया है। आदेश और विरोध से परे। वह गाकर कुछ साबित नहीं करना चाहती। न कुछ हासिल करना चाहती है। वह गाती है, इसलिए कि वह गा सकती है।

चिड़िया का बोलना और गाना अलग-अलग है। ठीक उसी तरह, जैसे आदमी का बोलना और गाना है। बोली का स्वार्थ चिड़िया में भी है। गीत स्वार्थहीन है। अलबर्टा विश्वविद्यालय के शोधकर्त्ता क्रिस और इसाबेल ने चिड़ियों की बोली पर काम किया। गीत की ओर उनका ध्यान नहीं गया। उन्होंने दोनों को एक ही मान लिया। कहा कि चिड़िया स्वार्थी है। वह मादा को आकृष्ट करने के लिए गाती है। कई बार वह अपनी ध्वनि से इलाके की पहचान करती है। लगभग साम्राज्यवादी प्रवृत्ति। कि कोई दूसरा उसके इलाके में न आए। उन्होंने अपने शोध के लिए चिकाडी चिड़िया को चुना। उसकी आवाज रिकार्ड की। दूसरी चिड़िया को सुनाई। तय पाया कि चिड़िया विस्तारवादी नहीं होती। लेकिन साम्राज्यवादी होती है।

क्रिस और इसाबेल ने डार्विन साहब को हकीकत से और दूर कर दिया। या कोशिश की। डार्विन ने एक किताब लिखी थी, 'डिसेंट ऑफ मैन।' उसमें चिड़ियों पर दो अध्याय थे। विस्तार से लिखा था कि चिड़िया क्यों गाती है। डार्विन का मानना था कि चिड़िया में बला का सौंदर्यबोध होता है। वह सौंदर्यबोध का उत्कर्ष है। मछलियों से शुरू होकर चिड़ियों तक। मछली से पहले के जीवों में सौंदर्यबोध नहीं था। चिड़ियों के बाद उसका पतन हुआ। मनुष्य में उसका कुछ बचा-खुचा हिस्सा आया। चिड़िया का सौंदर्यबोध प्राकृतिक था। बहुत उन्नत किस्म का। उसके रंग-बिरंगे पंख इसी का परिणाम थे। उसके गीत भी इसी से उभरे। उसने गीतों को सामान्य चहचहाहट से जानबूझ कर अलग किया। बोली को रोजमर्रा के लिए रखा। गीतों से सौंदर्यशास्त्र का पहला अध्याय लिखा।

चिड़िया सुंदरता समझती है। उसे हर रूप में पहचानती है। उसके मानी जानती है। वह फर्क कर लेती है। उपयोगिता और सुंदरता के बीच। उन पेड़ों पर ज्यादा बैठती है, जिनमें सुंदर फूल आते हैं। पत्तियों का हरापन पहचानती है। घोंसला बनाती है, तो दो बातों का ख्याल रखती है। सुरक्षा और सौंदर्य। चिड़िया अपने बच्चों की सुरक्षा चाहती है। लेकिन यह नहीं चाहती कि बच्चे ताड़ के पेड़ पर आँख खोलें। सभी चिड़ियों में एक जैसा सौंदर्यबोध नहीं होता।

उसकी भी श्रेणियाँ हैं। खास बात यह है कि मनुष्य उन्हीं पक्षियों की ओर ज्यादा आकर्षित होता है, जिनका सौंदर्यबोध विकसित है। कौए और उल्लू नहीं पालता। तोता-मैना पालता है। यह गुण पक्षियों से मनुष्य में आया। डार्विन का विकासवाद इस मामले में खरा साबित होता है। विकासवाद के बचे रहने की एक बड़ी वजह। वह आगे नहीं ले जाता, तो पीछे भी नहीं धकेलता। खुला मैदान छोड़ता है। समझ की नई इमारत की तामीर की संभावना के साथ।

स्टीफन गोल्ड पिछली सदी के एक प्रमुख प्रकृतिविज्ञानी थे। चिड़ियों पर काफी काम किया। दो किताबों में उनका व्यापक उल्लेख किया। गोल्ड चिड़ियों के सौंदर्यबोध से चकित थे। जानना चाहते थे कि अगर चिड़िया में सौंदर्यबोध का उत्कर्ष था, तो उसका पतन क्यों हुआ? वह बोध उसी रूप में मनुष्य में क्यों नहीं आया। पूरा का पूरा। गोल्ड ने इस विचार को स्वयं खारिज भी किया। चिड़ियों की उड़ने की क्षमता के संदर्भ में। चिड़िया का उड़ना विकास यात्रा का एक पड़ाव था। तो फिर अगले पड़ाव में यह क्षमता चली क्यों गई? इन दोनों सवालों का अब तक कोई संतोषजनक उत्तर उपलब्ध नहीं है। न सौंदर्यबोध के पतन का। न उड़ने की क्षमता लुप्त होने का।

सौंदर्यबोध वाले सवाल का जवाब गोल्ड ने देने की कोशिश की। कहा कि चिड़िया सौंदर्यवादी हो गई। स्वयंमुग्धा। निरर्थक सौंदर्य की ओर चली गई। उन्हें इसके लिए कोई शब्द नहीं मिला। वास्तुशिल्प से एक शब्द उधार लिया—'स्पैंडरेल'। एक ऐसा कलारूप, जिसकी कोई वास्तविक उपयोगिता न हो। दिखाई देने वाली सुंदरता हो। पर हो अलाभकारी। गहनों को इसी श्रेणी में रखा जा सकता है। रखा जाता है। चिड़िया का गीत 'स्पैंडरेल' था। उसकी स्वयंमुग्धता ने उसे तबाह कर दिया। धीरे-धीरे। शुरुआती दौर में चिड़िया प्रयोगधर्मी थी। अपने गीत को लेकर उसका गान रूढ़ नहीं था। स्वरूप निश्चित नहीं था। बदलता रहता था। उतार-चढ़ाव था। यह संभव नहीं था कि बोली से चिड़िया की पहचान हो जाए। यह विकास के क्रम में नष्ट होता गया। अर्थवत्ता और उपयोगिता प्रधान होती गई।

उस दौर में चिड़िया की जुगलबंदी होती थी। गाना आम बात थी।

जुगलबंदी में थोड़ा नयापन था। वह भी जाता रहा। अब उसके अवशेष देखने को मिलते हैं। कभी-कभार। गाँवों में। एक कोयल गाती है। दूसरी उसका जवाब देती है। जुगलबंदी काफी देर तक चलती रहती है। जब तक कि हवा का कोई तेज झोंका आकर उनकी लय न बिगाड़ दे। इसे अमराई में कभी भी सुना जा सकता है। खासतौर पर चैत-बैसाख में। कोई बच्चा एक कूक लगाए तो कोयल फौरन पलट कर जवाब देती है। उसका आरोह-अवरोह तय होता है। माधुर्य होता है। तरतीब होती है। शहर इस सुख से वंचित है। लेकिन अब शायद ऐसा नहीं रहेगा।

पिछले दिनों बाजार में एक नया सीडी आया है। काम्पैक्ट डिस्क का नाम है, 'क्यों गाती है चिड़िया।' सीडी के साथ इसी नाम की एक किताब भी है। उसमें इसका स्पष्टीकरण है। पर उसमें जवाब नहीं है। डेविड रटनबर्ग ने पाँच साल मेहनत करके एक चिड़िया ढूँढ़ी। लायरबर्ड। वे आस्ट्रेलिया गए। अपनी बाँसुरी लेकर। लायरबर्ड की आवाज बाँसुरी से बहुत मिलती है। उन्होंने चिड़िया के साथ जुगलबंदी की। टुकड़ों-टुकड़ों में। पाँच दिन। चिड़िया का गीत और संगीत की उसकी समझ गजब की थी। रटनबर्ग जितनी बार सुर बदलते थे, लायरबर्ड तुर्की-ब-तुर्की जवाब देती थी। वे हैरान थे। पाँच दिन की उस जुगलबंदी को रिकार्ड किया गया। उसका सीडी बना। उस बाँसुरीवादक चिड़िया के चर्चे इन दिनों आम हैं। आस्ट्रेलिया और अमेरिका के शहरों में। चिड़िया बाजार में आ गई है।

बाजार की क्षमता अकूत है। वह कुछ भी कर सकता है। जिसे चाहे बदल सकता है। उलट-पुलट सकता है। किसी जादूगर की तरह। वह छड़ी घुमाता है, तो सब कुछ जिंस में बदल जाता है। सौंदर्यवादिता जिंदा हो जाती है। यह उसकी जादूगरी है। जो नहीं बदलता, खत्म हो जाता है। विकास के क्रम में जो चीज नष्ट हो गई थी, बाजार ने उसे जिंदा कर दिया। गड़ा मुर्दा उखाड़ा और उसमें जान फूँक दी। चिड़िया को इससे कोई फायदा नहीं होगा। सौंदर्यवादियों की सौंदर्यवादी जानें।

27 नवंबर, 2005

आस्था सराय

बहुत समय पहले की बात है। दिल्ली में एक अंग्रेज मुसाफिर आया। लंबा-तड़ंगा। सुदर्शन व्यक्तित्व। कद छह फुट दो इंच। खूब सारे तमगे लटकाए हुए। दूसरे विश्व युद्ध में उसका बड़ा नाम हुआ था। रुतबा था। ब्रितानी राज में वह भारत में सेना का प्रमुख बना। फील्डमार्शल ऑकिनलेक। दिल्ली में उसका ठिकाना हुआ तीन मूर्ति भवन। वही बाद में जवाहरलाल नेहरू का ठिकाना बना। बतौर प्रधानमंत्री। ऑकिनलेक को ठिकाना पसंद आया। इसलिए नहीं कि जगह खुली-खुली थी। इमारत भव्य थी। इसलिए कि वह वायसराय हाउस के पास थी। ऑकिनलेक ने अपना कमरा खुद चुना। पहली मंजिल पर। ताकि खिड़की से सामने वाली इमारत का गुंबद दिखता रहे। उसकी दीवारें नजर आएँ। खिड़कियाँ आँखों में रहें।

यह एक मुसाफिर का मोह था। ऐसा मोह मुसाफिरी में अक्सर होता है। किसी पेड़, किसी इमारत से। किसी सड़क से। किसी दूसरे मुसाफिर के प्रति। ऑकिनलेक के मामले में यह एक प्रेम कथा थी। दो मुसाफिरखानों के बीच। एक अनवरत प्रेम, जो मुसाफिरों के बदल जाने पर भी जारी रहा। एक ओर ऑकिनलेक और दूसरे मुसाफिरखाने में एडविना। वायसराय हाउस में। मुसाफिरखाने में बैठा ऑकिनलेक फौजी फैसले करता रहा। और एडविना को चिट्ठियाँ लिखता रहा। नितांत व्यक्तिगत पत्र। एडविना जवाब देती रहीं। सन् सैंतालीस में मुसाफिर गया तो एक प्रेम भी चला गया। ऑकिनलेक और एडविना का दिल्ली में कोई नामलेवा नहीं बचा। उनके नाम की कोई इमारत नहीं। कोई सड़क नहीं। पहचान का कोई चिह्न नहीं। ऑकिनलेक को ले-देकर एक जगह मिली। पुरानी दिल्ली रेलवे स्टेशन। एक कमरा, जहाँ आने-जाने वाले मुसाफिर रुकते थे। एडविना की मुसाफिरी को वह भी नसीब नहीं हुआ।

एक ठिकाना सबको चाहिए। एक मुसाफिरखाना। एक सराय। इसलिए कि सब मुसाफिर हैं। व्यक्ति भी, विचार भी, आस्था भी। चलते रहना इन सबकी प्रकृति है। वे कहीं रुकते नहीं। स्थायी रूप से तो बिल्कुल नहीं। उनका रुकना दरअसल ठहरना होता है। एकाध रात रुके और आगे चल दिए। इसकी जरूरत अक्सर रात में पड़ती है। दिन का कोई ठिकाना नहीं होता। वह ठिकाने से होता भी नहीं। रात की तरह तो बिल्कुल नहीं। दिन टेढ़ा-मेढ़ा होता है। लोगों को अलग-अलग कर देता है। बाँट देता है। रात में स्थायित्व है। दिन भर भटक कर रुकने जैसा स्थायित्व।

स्थापत्य इसी अस्थायी स्थायित्व से विकसित हुआ। रक्षा स्थापत्य इसी से जुड़ा हुआ था। थोड़े समय का एक ठिकाना हुआ तो क्या? रक्षा की जरूरत उसे भी थी। किले और मोटी दीवारें। दीवारों में छेद। तीर-बंदूक चलाने के लिए। ऊँचाई उसके लिए अनिवार्य थी क्योंकि कोई किला गड्ढे में नहीं बनता। सामुदायिक स्थापत्य उसके बाद आया। रक्षा के साथ सुविधा जोड़ते हुए। दोनों में सबसे बड़ा फर्क खिड़कियाँ थीं। मजबूरी में खिड़कियाँ दीवार में

काफी ऊपर चढ़ गईं। बहैसियत रोशनदान। खिड़की के नीचे होने में खतरा था। बेपर्दगी से ज्यादा। दीवार में खिड़कियों के नीचे उतरने में तकरीबन एक हजार साल लग गए।

इन अस्थायी ठिकानों पर सिलसिलेवार काम नहीं हुआ। जब जैसी जरूरत हुई, उन्हें बदला गया। भागते रहने में सिलसिला हो भी नहीं सकता था। इनका अधिकतर काम अक्सर रात में होता था। गोपनीयता और रहस्य बरकरार रखने के लिए। दिन में हो तो कोई भी देख लेता कि सेंध कहाँ से लगाई जा सकती है। इसे धार्मिक स्थापत्य ने बदला। उसने इसे दिन की रोशनी में ला खड़ा किया। वह किले जैसे खतरे से नहीं जूझ रहा था। बेपर्दगी उसके लिए बेमानी थी। सब कुछ खुला-खुला था। धार्मिक स्थापत्य की प्रयोगशाला बनी। पट्टडकल में। दो किलोमीटर के दायरे में सारे प्रयोग किए गए। और दुनिया भर में फैल गए। आस्था के सारे मुसाफिरखाने आज तक उसी की नकल पर बन रहे हैं। सबने महसूस किया कि आस्था का ठिकाना पहले जरूरी है। उसकी सराय ठीक होनी चाहिए। लोगों का क्या? वे तो आते-जाते रहते हैं।

आस्था की सराय सबसे पुख्ता होती है। किले से ज्यादा। अस्थायी ठिकानों में उसके बच जाने की संभावना सबसे प्रबल होती है। अस्थायित्व में स्थायित्व तलाश करते हुए। वहाँ भी, जहाँ कुछ न हो। किसी विपन्न गाँव की अकेली पक्की इमारत कोई इबादतगाह ही होती है। सबसे मजबूत। सबसे ऊँची। उसको अलग से दिखना चाहिए। वह आखिरकार धर्म का ठिकाना है। आस्था की पनाहगाह। उसका शिखर। उसका गुंबद। उसकी मीनारें। उसके कंगूरे। उसे पहचानने में किसी को परेशानी नहीं होनी चाहिए। आस्था के ठिकानों ने भी एक बात रात से उठाई। रात सोने के लिए होती है। इसलिए उसकी सराय भी सोए हुए आदमी की तरह होनी चाहिए। सीधे लेटे हुए आदमी का पैर सिर से ऊँचा होता है। इसी तर्ज पर आस्था सराय के प्रवेशद्वार बने। छोटा मंदिर। विराट प्रवेशद्वार। यह प्रयोग दक्षिण भारत ने किया।

आस्था एक मुसाफिर है। और भारत उसका सबसे बड़ा मुसाफिरखाना। दुनिया में सबसे बड़ा। आस्था चलती-फिरती रहती है। गाँव-नगर। देश-विदेश। वह रुकती नहीं। स्थायी रूप से तो कहीं नहीं। भारत ने चार धर्मों और आस्थाओं को जन्म दिया। और उससे अधिक को पनाह। यह केवल सराय में संभव है। सराय को यह खतरा नहीं होता कि कोई मुसाफिर स्थायी रूप से टिक जाएगा। हिंदू, जैन, बौद्ध और सिख धर्म यहीं पैदा हुए। पले-बढ़े। ईसाई धर्म यूरोप से पहले यहाँ फैल गया। पहली सदी में। इस्लाम को भी भारत ने रुकने की जगह दी। उसकी पहली मस्जिद केरल में बनी। हजरत मोहम्मद के जीवनकाल में? यहूदी और पारसी यहीं आकर ठहरे। यह सराय सबको पसंद आई।

यह केवल बतकही नहीं है। ठोस आँकड़े हैं। क्षेत्रवार आँकड़े। उसके मुताबिक भारत सबसे बड़ी आस्था-सराय जरूर है। लेकिन आस्था खिसक कर अफ्रीका चली गई है। लातीनी अमेरिका और मध्यपूर्व उसका दूसरा बड़ा ठिकाना है। एशिया-प्रशांत क्षेत्र इस मामले में सबसे नीचे है। एशिया-प्रशांत में पाकिस्तान भारत के बाद आता है। आस्था सराय के मुसाफिरों की उम्र देखना भी रोचक है। अफ्रीका में आस्था उम्र के साथ बढ़ती है। जितने बूढ़े, उतने आस्तिक। भारत में इसका असर सबसे ज्यादा युवा वर्ग पर है। चालीस की उम्र से नीचे। बुजुर्ग अपनी सराय को लेकर आश्वस्त हैं। उच्च और निम्न आय वर्ग उससे चिंतित नहीं है। चिंता युवकों और मध्य वर्ग को है। डर है कि आस्था उनकी सराय छोड़ सकती है।

युवा वर्ग में बेचैनी है। उनकी चिंताएँ हैं। काम-धन्धे की। घर-परिवार की। स्वास्थ्य की। शिक्षा की। उन्हें लगता है कि आस्था चली गई तो उनके पास कोई उम्मीद नहीं बचेगी। वे बुजुर्गों से असहमत हैं। उनके लिए आस्था घर की खेती नहीं है। वे सराय वाली आस्था को पकड़ कर रखना चाहते हैं। लेकिन आस्था तो मुसाफिर है। एक न एक दिन चली ही जाएगी।

11 दिसंबर, 2005

प्रेम की प्रयोगशाला

प्रेम अंधा होता है। पहली नजर पड़ते ही अंधा हो जाता है। उसके बाद उसमें देखने की सलाहियत नहीं रह जाती। प्रेम बहरा होता है। गूँगा होता है। पहली नजर के बाद उसे न कुछ दिखता है, न सुनाई पड़ता है। यही प्रेम है। सच्चा और निश्छल। यही प्रेम की प्राथमिक पाठशाला का पाठ है। उसके लिए दूसरी नजर बेमानी है। जिनकी नजरें पारखी हैं उन्हें प्राइमरी स्कूल में ही पता चल जाता है कि कौन-सा प्रेम परवान चढ़ेगा। कौन निभेगा। कौन-सा टूट जाएगा। सब कुछ पहली नजर में ही तय हो जाता है। कुछ लोग इसे बचकाना मानते हैं। बेवकूफी भरा और बेसिरपैर का। लेकिन अब उनके लिए पहली नजर के प्यार को खारिज करना मुश्किल होगा। अब यह एक जाँचा-परखा सच है। इसके पक्ष में ठोस तर्क उपलब्ध हैं। आँकड़ों की पूरी शृंखला मौजूद है।

वाशिंगटन विश्वविद्यालय के प्रोफेसर जॉन गॉटमैन ने इसी पर काम करने के लिए प्रेम की प्रयोगशाला बनाई। उन्होंने कई प्रेमी-युगल अपनी प्रयोगशाला में बुलाए। उनसे सामान्य बातचीत करने को कहा। हर युगल की पंद्रह मिनट की वीडियो फिल्म बनाई गई। इरादा यह जानने का था कि सिर्फ पंद्रह मिनट की बातचीत से क्या यह पता चल सकता है कि प्रेमी-प्रेमिका की जोड़ी कब तक बनी रहेगी। गॉटमैन हैरान रह गए। उनके निकर्ष सत्तानवे प्रतिशत सही साबित हुए। पर वे इतने से संतुष्ट नहीं थे। उन्होंने एक प्रश्नावली तैयार कर रखी थी। टेप देख कर प्रश्नावली भरने का काम गॉटमैन ने दूसरे विशेषज्ञों को सौंपा। नतीजा फिर वही रहा। टेप का संपादन करते हुए वे इसकी लंबाई कम करते गए। दस मिनट, पाँच मिनट, तीन मिनट, एक मिनट। नतीजा नहीं बदला। उन्होंने इसे घटा कर दस सेकेंड कर दिया। परिणाम वही रहा। इसमें तब भी कोई बदलाव नहीं आया जब टेप केवल तीन सेकेंड का रह गया। तीन सेकेंड यानी पहली नजर में भी नतीजा सत्तानवे प्रतिशत सही रहा।

गॉटमैन को लगा कि प्रेम जैसे जटिल संबंध पर इतनी तेजी से फैसला करना दिमाग के बस की बात नहीं है। दिमाग को काम करने के लिए आँकड़े और सूचनाएँ चाहिए। वह हवा में फैसले नहीं कर सकता। जाहिर है, यह निर्णय परंपरागत दिमाग नहीं करता। भारतीय संदर्भ में यह चुनौती और जटिल हो जाती है। इस तरह के निर्णयों को दिल के मत्थे मढ़ दिया जाता है। गॉटमैन इससे सहमत नहीं थे। दिल का काम शरीर के विभिन्न अंगों तक खून पहुँचाना है। सोचना और फैसले करना उसका काम नहीं है। तो फिर ये फैसले करता कौन है?

इसी से दूसरे दिमाग का पता चला। मैल्कम ग्लैडवेल ने इस नई खोज पर एक किताब लिखी–'ब्लिंक।' कहा कि हर व्यक्ति में एक नहीं बल्कि दो दिमाग होते हैं। दूसरा दिमाग गजब का है। उसमें बिना सोचे सोचने और फैसला करने की क्षमता है। उसकी फुर्ती पहले दिमाग से कई गुना ज्यादा है। वह एक झटके में फैसला कर

देता है। पलक झपकने से पहले। शरीर दूसरे दिमाग के फैसले अक्सर मान लेता है। उन पर अमल करना शुरू कर देता है। यह बात तर्क के आधार पर काम करने वाले पहले दिमाग को बहुत बाद में पता चलती है। शोधकर्ताओं का मानना है कि दूसरा दिमाग सबमें होता है। होता आया है। जिंदगी में एकाध बार सभी ने जाने-अनजाने उसका इस्तेमाल किया है। लेकिन बस एकाध बार। यानी छठे-छमासे। वैसे इसका नियमित और निरंतर इस्तेमाल संभव है। अभ्यास से इसे कई गुना तेज और बेहतर बनाया जा सकता है।

पहला दिमाग पारंपरिक दिमाग है। सोच-समझ कर फैसले करता है। चीजों को समझता है। उनके होने या न होने के कारण तलाश करता है। तर्क ढूँढ़ता है। तब कहीं जाकर मानता है। उसके काम करने का ढंग ऐसा ही है। उसे इसी तरह तैयार किया जाता है। बचपन से। पीढ़ियों से। ताकि वह तार्किक और विश्लेषणात्मक बने। चीजों को स्वीकार और खारिज करने की क्षमता से लैस। दूसरे दिमाग का पता चलने से पहले लोग उसी को सब कुछ मानते थे। सोच, तर्क, विश्लेषण, बुद्धिमत्ता—सबके लिए। उसी पर भरोसा करते थे। उसी के सहारे जीते थे। वही उनकी वैज्ञानिक दृष्टि का आधार था। दूसरा दिमाग मिला तो सारा उलटा-पुलटा हो गया। विज्ञान के साथ रहस्य जुड़ गया। एक झटके में फैसला करने की दूसरे दिमाग की क्षमता को ग्लैडवेल 'रहस्यमय' मानते हैं। इसके लिए उन्होंने एक शब्द गढ़ा 'थिन स्लाइसिंग।' यानी बहुत महीन और बहुत कम जानकारी के आधार पर गणना करना। नतीजा निकाल लेना।

पहले और दूसरे दिमाग में कभी सीधा टकराव नहीं होता। वैसे ही जैसे हवाई जहाज और साइकिल की टक्कर नहीं होती। पहले दिमाग को कोई बात जानने में महीनों या वर्षों लग सकते हैं। दूसरा वाला पहली नजर में सब निपटा देता है। प्यार से लेकर व्यापार तक। कुछ भी। इसके बाद वह आगे बढ़ जाता है। अपनी कद-काठी और हैसियत की नई चुनौती ढूँढ़ता है। दूसरे दिमाग के फैसलों में कठिनाई सिर्फ इतनी है कि उसके कारण नहीं बताए जा सकते हैं।

वे पहली नजर के प्यार की मानिंद अतार्किक लगते हैं। युद्ध के मैदान, शेयर बाजार या निजी जिंदगी में ऐसी स्थितियाँ कई बार आती हैं। दूसरा दिमाग न होता तो दुनिया का इतिहास कुछ और होता। उसका नक्शा बदला हुआ होता। कामयाबी का प्रतिशत देखें तो भी पहला दिमाग पीछे छूट जाता है।

कुरुक्षेत्र में अर्जुन पहले दिमाग से काम कर रहे थे। कृष्ण दूसरे से। अर्जुन अपने नाते-रिश्तेदार देख रहे थे। कई अक्षौहिणी सेनाएँ उनके सामने थीं। शक्ति संतुलन भाँप रहे थे। दुविधा में थे। इस बीच दूसरा दिमाग फैसला कर चुका था। कृष्ण ने वह फैसला अर्जुन को बताया। पूरे इतिहास और मिथक में यह शायद अकेला उदाहरण है जहाँ दूसरे दिमाग ने पहले को समझाने की कोशिश की। एक ऐसा काम जो उसने पहले कभी नहीं किया। इसी ऐतिहासिक क्षण में 'गीता' का जन्म हुआ। पहले और दूसरे दिमाग की वार्ता। उनका संवाद। यही गीता-रहस्य है। वह कहता है, हे नरपुंगव! समझो, दूसरा दिमाग क्या कह रहा है। जानो कि उसने क्या निर्णय किया है। इसमें मत उलझो कि वह इस नतीजे पर कैसे पहुँचा। परंपरागत दिमाग की सीमाएँ हैं। दूसरा दिमाग संभावनाओं के असीम विस्तार में काम करता है। नाप-जोख, सोच-विचार और तर्क-वितर्क से परे। पहला दिमाग फैसलों को जटिल बनाता है, दूसरा सरल। फैसले की सरलता में प्रक्रिया की जटिलता निहित है। कृष्ण ने अर्जुन से कहा, हे पार्थ! बाकी सब छोड़ दो। फैसला मैं करूँगा, तुम अमल करो। मेरी शरण में आओ। मामेकं शरणं व्रज। यही गीता-सार है।

21 अगस्त, 2005

एकांत में गाली-गलौज

क्रोध एक सहज भाव है। समस्या क्रोध के होने से नहीं होती। उसकी सार्वजनिक अभिव्यक्ति से होती है। दिखने से होती है। वह न दिखे तो सब कुछ सामान्य ढंग से चलता रहे। लेकिन मुश्किल यह है कि विरोध प्रदर्शन बंद कमरे में नहीं हो सकता। वह विरोध होगा। प्रदर्शन नहीं। एकांत में धरना किस काम का? घने जंगल में अकेले भूख हड़ताल से क्या हासिल? पश्चिम का तर्क है कि प्रतिक्रिया के लिए उसका दिखना अनिवार्य है। इस पर कई किताबें लिखी गई हैं। डेव बर्ग जोर देकर कहते हैं कि दिखाई न देने वाला क्रोध अर्थहीन है। पचा लिए गए क्रोध का कोई असर नहीं होता।

दुनिया की दो पुरानी संस्कृतियाँ इससे सहमत नहीं हैं। भारतीय और यहूदी। ये दोनों समाज मानते रहे हैं कि क्रोध का असर प्रदर्शन किए बिना भी हो सकता है। होता है। उनके यहाँ क्रोध का एकांतिक प्रदर्शन ललित कला है। भारतीय और यहूदी धर्मग्रंथ इसके गवाह हैं। दोनों के इतिहास में इसका कई जगह हवाला मिलता है। बौद्ध साहित्य इससे भरा पड़ा है। जातक कथाओं में इसका उल्लेख मिलता है। कल्हण की राजतरंगिणी में इसे जगह-जगह पढ़ा जा सकता है। उनका मानना था कि क्रोध का सार्वजनिक प्रदर्शन सभ्य और अनुकरणीय आचरण नहीं है।

इसका बाकायदा इंतजाम किया जाता था कि विरोध सार्वजनिक घटना न बने। ऐसी व्यवस्था होती थी कि लोग अपना गुस्सा अकेले में निकाल लें। सार्वजनिक स्थानों से दूर। पहाड़ पर, नदी के किनारे या जंगल जाकर। जो लोग जंगल नहीं जा सकते थे, उनके लिए अलग से भवन बनाए जाते थे। या फिर नगर में ही कोई जगह और समय तय कर दिया जाता था। ताकि वे वहाँ जाकर चीख-चिल्ला लें। अपने दिल का गुबार निकाल लें। क्रोध की यह एकांतिक अभिव्यक्ति बेकार नहीं जाती थी। उसका निश्चित तौर पर असर होता था। उन्होंने इसका एक ढंग विकसित कर लिया था। इस व्यवस्था में क्रोध की अभिव्यक्ति एकांत में होती थी। लेकिन उसकी घोषणा सार्वजनिक रूप से की जाती थी। अक्सर इसी से समस्या का हल निकल आता था।

चिकित्सा विज्ञान अब इसी नतीजे पर पहुँचा है। एक ताजा रिपोर्ट में कहा गया है कि गुस्सा आए तो किसी निर्जन स्थान पर चले जाइए। पेड़ों पर चिल्लाइए। सूरज को गालियाँ दीजिए। नदी को भला-बुरा कहिए। आप स्वस्थ महसूस करेंगे। मतलब कि गुस्सा निकालने के लिए अपने कद से बहुत बड़ा लेकिन ऐसा लक्ष्य चुनिए, जो पलट कर जवाब न दे। आपका कुछ बिगाड़ न सके। डेयट ब्राउन से डॉक्टरों ने यही कहा। ब्राउन जर्मनी में रहते हैं। वहीं पढ़े-लिखे। बड़े हुए। शादी हुई। कुछ ही समय में पत्नी से उनके संबंध बिगड़ गए।

गाली-गलौज की नौबत आ गई। पहले ऐसा कभी-कभार होता था। फिर रोज होने लगा। फिर दिन में कई-कई बार। डॉक्टरों ने उन्हें जंगल जाने की सलाह दी। कहा कि वहाँ जाकर किसी पेड़ को जी-भरकर गालियाँ दें। उसे डाँटें। चीखें-चिल्लाएँ। ब्राउन को यह बात समझ नहीं आई, पर उन्होंने सलाह मान ली। उन पर इसका वाकई असर हुआ। अब वह घर में शांत रहते थे। उनकी शादी टूटने से बच गई।

इस कथा में सिर्फ एक कमी है। क्रोध की एकांत में अभिव्यक्ति की व्यापक सामाजिक स्वीकार्यता। चिकित्सा विज्ञान जिन नतीजे पर पहुँचा था, समाज को जानकारी नहीं थी। उस समाज के लिए यह एकदम नई बात थी। समझ में नहीं आई। नतीजा यह हुआ कि ब्राउन जेल पहुँच गए। लोगों ने कुछ दिन तक देखा। एक आदमी पेड़ों को रोज गालियाँ बकता है। मुट्ठियाँ तनी रहती हैं। तर्जनी पेड़ की ओर होती है। वह पेड़ के चारों ओर घूम-घूमकर चीखता है। पेड़ों को कोई फर्क नहीं पड़ा। पेड़ सोखता हैं। सब कुछ सोख लेते हैं। प्रतिक्रिया व्यक्त नहीं करते। पर लोग पेड़ नहीं हैं। पेड़ों ने कुछ नहीं कहा, लोगों ने पुलिस में शिकायत दर्ज करा दी। पुलिस ने घटना की वीडियो फिल्म बनाई। ब्राउन को समझाने की कोशिश की। ब्राउन अपनी शादी बचाने पर तुले हुए थे। नहीं माने। अंततः पुलिस ने उन्हें गिरफ्तार कर लिया। यह बात पुलिस के गले नहीं उतरी कि एकांत में अपना गुस्सा निकालना ब्राउन के लिए जरूरी था।

कोई अन्य समाज शायद इस पर दूसरे ढंग से प्रतिक्रिया जाहिर करता। हो सकता है उसके मन में ब्राउन के प्रति सहानुभूति होती। वह इसे सिर्फ कानून-व्यवस्था का मामला न मानता। राजतरंगिणी की चौथी से आठवीं तरंग तक इस बात का विस्तार से जिक्र है कि अपना क्रोध सार्वजनिक न करने वालों की समस्या कैसे हल की जाए। कल्हण छिपे हुए क्रोध को 'गुप्त हथियार' मानते हैं। कश्मीर में राजा विजय सिंह ने ऐसे लोगों से निपटने के लिए मंत्रियों को विशेष निर्देश दे रखे थे। मंत्रिमंडल में एक मंत्री का विभाग ही यही था। पता लगाएँ कि कौन नाराज है। उसकी नाराजगी दूर करें। उनके

साम्राज्य में एक जगह तय थी, जहाँ जाकर बैठने वाले को 'शिकायती' समझा जाता था। भूख हड़ताल और मौन विरोध उस समय आम था। उन पर बौद्ध दर्शन का खासा असर था।

तात्कालिकता आधुनिक समाज को सबसे बड़ी देन है। वह हर काम फौरन चाहता है। सार्वजनिक मुखर अभिव्यक्ति इसका एक प्रमुख साधन है। सार्वजनिक अभिव्यक्ति में तात्कालिक लाभ दिखता है। वही समाज या व्यक्ति के लिए काफी होता है। मुखर होना सफलता की अनिवार्य शर्त है और क्रोध को अपने अंदर रखना दुर्बलता की निशानी। क्रोध को सामूहिक रूप से सार्वजनिक करना राजनीति, धर्म और समाज के एक बड़े हिस्से का कारगर हथियार बन गया है। सब कुछ सार्वजनिक अभिव्यक्ति पर आकर टिक गया है। अपने पूर्ववर्ती समाज की यह बात उसे याद नहीं आती कि भावनाओं की सार्वजनिक अभिव्यक्ति के परिणाम दूरगामी नहीं होते।

आर्थिक और नैतिक दुनिया बहुत बदल गई है। इसमें पुराने मूल्यों को नए नजरिए से देखा जाता है। उसके अर्थ निकाले जाते हैं। वैश्वीकरण ने विचारों की यात्रा आसान बना दी है। वे तेजी से चलते हैं और पलक झपकते कहीं से कहीं पहुँच जाते हैं। बदलाव की प्रक्रिया में इस बात पर नजर ही नहीं जाती कि सार्वजनीनता की एक सीमा है, जो हर समाज अपने हिसाब से बनाता है। तय करता है। यह ख्याल नहीं रहता कि आयातित विचार की कामयाबी की कोई गारंटी नहीं होती। समाज, राजनीति या व्यक्तिगत संबंध कहीं भी नहीं। जिन समाजों ने प्रेम और क्रोध को सार्वजनिक होने से बचाया था, नए नजरिए के तहत वे उसे खुद तोड़ने पर आमादा दिखाई देते हैं। वे अपनी उम्र और अपना समय देखते हैं। यह नहीं देखते कि उनकी उम्र में उनके समाज और सभ्यता की उम्र जोड़ी जानी चाहिए।

24 जुलाई, 2005

जलाने की लचीलता

मातृभाषा एक निरर्थक शब्द है। ऐसी कोई भाषा नहीं होती। यह गढ़कर शब्दकोश में ठूँसा गया शब्द है। माँ की कोई भाषा नहीं होती। दुनिया के किसी हिस्से में नहीं। उसकी सिर्फ बोली होती है और बच्चा वही सीखता है। बोली के चमत्कार से लोग बोलना सीखते हैं, भाषा से नहीं। बोली की खूबियाँ भाषा में संभव नहीं हैं। भाषा बँधी हुई, सधी हुई होती है। उसे शब्द, उच्चारण, अर्थ और व्याकरण बाँधते हैं। बोली उन्मुक्त है। उसका व्याकरण नहीं होता।

माँ के लिए व्याकरण का कोई अर्थ नहीं होता। बोली का काम भी उसके बिना चल जाता है। माँ वैयाकरणी हो जाए तो बच्चा शायद बोलना ही न सीख पाए। कोई माँ यह खतरा मोल लेने को तैयार नहीं होगी कि उसका बच्चा अबोला हो। इसलिए जिन माँओं के पास भाषा और व्याकरण होता है, वे भी अपने बच्चों के लिए बोली का सहारा लेती हैं। सारा अर्जित ज्ञान ताक पर रखकर। संभवतः हर माँ को यह अहसास होता है कि जिस दिन वह बच्चे को भाषा सिखाने पर उतर आएगी, माँ नहीं रह जाएगी।

पता नहीं कि यह सोलह संस्कारों में शामिल क्यों नहीं है, लेकिन सच्चाई यही है कि बच्चों के साथ खेलते हुए हर माँ उसे ध्वनि से बोली तक का संस्कार देती है। इतना पुख्ता संस्कार कि उसकी जड़ें कभी नहीं हिलतीं। बोली से भाषा तक जाने का संस्कार और उसका परिष्कार परिवार और समाज के जिम्मे होता है। यह प्रक्रिया जीवन भर चलती रहती है। कभी पूरी नहीं हो पाती। समाजशास्त्रियों का मानना है कि किसी व्यक्ति का तीन-चौथाई शब्द भंडार पाँच वर्ष की उम्र तक उसे मिल जाता है। शेष एक चौथाई में जिंदगी खप जाती है। मतलब यह कि पचहत्तर फीसद शब्द बोली से आते हैं। इन शब्दों के आ चुकने के बाद भाषा कदमताल शुरू करती है।

बोलियाँ विवाद की परिधि से बाहर होती हैं। उन पर कोई झगड़ा नहीं होता। विवाद भाषा और मातृभाषा पर होता है, जिसका अस्तित्व ही नहीं है। तमिलनाडु की हिंदी-विरोधी राजनीति इसी से उपजती है। जब भाषाओं पर झगड़ा होता है तो उससे भगवान भी नहीं बचते। यह बहस बहुत दिन तक चली कि तमिलनाडु के मंदिरों में पूजा-अर्चना संस्कृत भाषा की जगह तमिल भाषा में हो। मामला अदालत में चला गया। तमिल भाषा के खैरख्वाह एक मंत्री को गुस्सा आ गया। उन्होंने कहा कि अगर भगवान को तमिल समझ में नहीं आती तो उन्हें तमिलनाडु में रहने का कोई हक नहीं है।

ज्यादातर लोग इस मुगालते में रहते हैं कि उन्होंने अपनी माँ से जो बोली सीखी है वह उनकी मातृभाषा है। उसे बरतने में उन्हें

कोई समस्या नहीं होगी। क्योंकि वह उन्हें घुट्टी में मिली है। वे इसी तुफैल में गच्चा खा जाते हैं। यह करीब-करीब वैसी ही स्थिति है कि भारत में जन्म लेने वाला हर व्यक्ति अपने को भारत का विशेषज्ञ समझने लगे। समझने तक तो फिर भी गनीमत है, पर जिस दिन आपने उसे भाषा देने की कोशिश की, एक पल में अपनी पुख्तगी का खोखलापन आपके सामने आ जाएगा। लिखने में यह गुंजाइश रहती है कि उसे कोई सुधार दे। बोलने में वह भी नहीं रहती।

यह फर्क अखबारों और टेलीविजन ने खोलकर सामने रख दिया है। चैनलों की बाढ़ आई तो बोली और भाषा का अंतर और साफ दिखने लगा। हिंदी में एक 'नमश्कार चैनल' है। वहाँ अधिकतर लोग अभिवादन करते हुए 'नमश्कार' कहते हैं। लिखने बैठें तो शायद हिज्जों में यह चूक न हो, या फिर कोई और उसे सुधार दे। लेकिन बोलने में कोई क्या करे। हो सकता है किसी क्षेत्र में लोग 'स' का उच्चारण 'श' करते हों, पर इससे वह शब्द बदल नहीं जाता। अगर हिंदी उन सबकी मातृभाषा होती तो भाषा प्रदूषित होने से बच जाती। पर वे बोली से आगे बढ़े ही नहीं।

भारतीय जनता पार्टी के पूर्व अध्यक्ष लालकृष्ण आडवाणी कायदे आजम मोहम्मद अली जिन्ना की मजार पर गए। वहाँ उन्होंने जिन्ना को 'इतिहास निर्माता और धर्मनिरपेक्ष' कह दिया। इस बयान से भारतीय राजनीति में बवंडर आ गया। सारे खबरिया चैनल गिद्ध की तरह उस पर टूट पड़े। कहते हैं कि आपदा के समय आदमी की असली पहचान होती है। इस पहचान में भाषा शामिल होती है। एक साहब खबर देते-देते भाषा के भँवर में फँस गए। एक शब्द पर हड़बड़ाकर उन्होंने एक नया शब्द गढ़ दिया—'लचीलता'। वैसे यह संभव है कि 'लचीलता' उनकी बोली का शब्द हो, लेकिन भाषा पर यह अत्याचार क्यों?

यह तथाकथित पढ़े-लिखे लोगों का हाल है, जो बोलने में हवा-हवाई हो जाते हैं। लिखने के समय प्रायः ठीक रहते हैं या ठीक कर दिए जाते हैं। थोड़ा कम पढ़े-लिखे हों तो भाषा बरतने का यह संकट

लिखने में भी आता है। अंग्रेजी में यह समस्या एसएमएस टेक्नालॉजी से उपजे संक्षिप्तीकरण से आई। इसकी एक रवायत उस भाषा में थी। बावजूद इसके वह भाषाई तोड़फोड़ से चिंतित है। हिंदी का मिजाज भिन्न है। उसमें शब्दों को छोटा करने या आद्याक्षरों से काम निकालने की परंपरा नहीं है। जरूरत होने पर छोटा शब्द गढ़ा जा सकता है, लेकिन आद्याक्षर मिलाकर शब्द नहीं बनाए जाते। संप्रग और राजग अखबारों ने चला भले लिया हो, लेकिन यह हिंदी की प्रकृति के अनुरूप नहीं है। ऐसे प्रयोग संस्कृत में भी नहीं मिलते। अगर संक्षिप्तीकरण विवशता है तब भी इसे अपवाद की ही श्रेणी में रखा जाएगा। अन्यथा निराला सूकांत्रि, गाँधी मोकगां, अज्ञेय सहीवा या नेहरू जलाने हो जाएँगे। या फिर इसका उलटा भी होगा। अंग्रेजी के एक रिपोर्टर ने लिखा कि जीटी दास की पाँच सौवीं जयंती मनाई गई। वह गोस्वामी तुलसीदास के जयंती समारोह से लौटा था।

12 जून, 2005

अ से अनपढ़

पढ़-लिखकर कोई पढ़ा-लिखा नहीं हो जाता। पढ़ा-लिखा एक व्यापक अर्थ वाला शब्द-युग्म है, जिसका पढ़ने-लिखने या साक्षर होने से बहुत मामूली-सा संबंध हो सकता है। इतना मामूली कि उसे आसानी से इसकी अनिवार्यता की शर्त से बाहर किया जा सके। उदाहरण कई हैं। उनके बारे में सबको पता है। कबीर के बारे में। अकबर के बारे में भी। दिक्कत तब होती है जब साक्षर लोग अपने को पढ़ा-लिखा समझने लगते हैं। यह भूलकर कि शब्द आम लोगों के बीच संचार की एकरूपता के इरादे से गढ़े गए। संवाद शब्दों का मोहताज कभी नहीं रहा।

शब्द गढ़ने वाले निश्चित तौर पर ध्वनियों की विविधता से परेशान रहे होंगे। इसलिए और भी ज्यादा कि उन ध्वनियों के मनचाहे अर्थ निकाले जा सकते थे। यह तरलता उन पूर्वजों को खिजाती होगी, जिन्होंने एक व्यवस्था कायम करने की गरज से शब्द बनाए। उनके अर्थ निर्धारित किए। उसका व्याकरण बनाया। यह सब इसलिए कि लोगों के बीच संवाद कायम हो। वही संवाद, जो शब्दों से पहले भी था, जो आँखों में था। जो उँगलियों के स्पर्श में था। भंगिमाओं में था। जो तथाकथित अनपढ़ थे। उन्होंने संवाद को उस ऊँचाई तक पहुँचा दिया था जिसे आज का सारा शब्द-भंडार छू भी नहीं सकता।

शब्द आ गए तब भी गैर-शब्दीय संवाद समाज में बना रहा। आँखों की भाषा मरी नहीं। पैर के अँगूठे से मिट्टी कुरेदने वाली किशोरी लापता नहीं हुई। नृत्य की मुद्राओं ने बिना शब्द संवाद बनाए रखा। सारे वाद्य यंत्र उसी की दुहाई देते रहे। हाथ की मुद्राएँ कठिन-से-कठिन विचार आसानी से बयान करती रहीं। इसके चलते दो समांतर संवाद प्रणालियाँ कायम हो गईं। समाज ने दोनों को स्वीकार कर लिया। प्राचीन सभ्यताओं को यह संवाद बहुलता खली नहीं।

यह दिक्कत और यह समझ कि शब्दों के बिना संवाद संभव नहीं है मुख्यतः उन सभ्यताओं और समाजों की है, जिन्होंने छलाँग लगाकर चीजें हासिल कीं। सामाजिक विकास की कई सीढ़ियाँ कूदकर आगे बढ़े। इस प्रक्रिया में ये समाज कहीं पहुँच तो गए पर बीच की कई चीजें उनसे छूट गईं। अमेरिका ने दो सौ साल में पाँच हजार साल की दूरी तय करने की कोशिश की तो बीच में चार हजार आठ सौ साल छूट गए। इस दौर का पूरा विकास-क्रम छूट गया। सभ्यताएँ छूट गईं। यह सब अमेरिकी समाज के लिए था ही नहीं। और जो नहीं था उसके प्रति कैसा मोह? इसीलिए जब अफगानिस्तान के बामियान नगर में बुद्ध की प्रतिमाएँ तोड़ी गईं तो अमेरिका को कोई कष्ट नहीं हुआ, लेकिन जब वर्ल्ड ट्रेड सेंटर टूटा तो उसने अफगानिस्तान पर हमला कर दिया। दोनों बर्बर कार्रवाइयाँ थीं, पर

अमेरिका को सिर्फ एक ही समझ में आई।

यही बात इराक पर हमले के समय भी देखी गई। अमेरिका और उसके कुछ मित्र राष्ट्रों का मानना था कि दुनिया को बेहतर और सुरक्षित जगह बनाने के लिए इराक पर हमला करना जरूरी है। कहा गया कि इराक के पास व्यापक विनाश के हथियारों का जखीरा है। वह जखीरा आज तक नहीं मिला। इराक तबाह हो गया। वह शायद दोबारा बन जाएगा। लेकिन इस हमले के दौरान जो चीज हमेशा के लिए खो गई वह प्राचीन सभ्यता की बेशकीमती कलाकृतियाँ थीं। इन्हें बगदाद के पास एक संग्रहालय में सहेजकर रखा गया था। इराक के बर्बर शासन ने भी उन्हें नष्ट नहीं किया। छलाँग लगाकर आगे बढ़े अमेरिका ने इसके लिए कुछ नहीं किया। जब संग्रहालय लूटे जा रहे थे तो उसके सैनिक चुपचाप खड़े रहे। दूसरी ओर मुँह करके।

इंद्रा नूयी का मामला इसी छलाँग लगाकर आगे बढ़े समाज की सीमित समझ की अगली कड़ी है। इंद्रा का जन्म चेन्नई में हुआ था और इस समय वह सॉफ्ट ड्रिंक बनाने वाली कंपनी पेप्सी की मुख्य कार्यकारी अधिकारी हैं। पिछले दिनों कोलंबिया बिजनेस स्कूल ने उन्हें एक भाषण के लिए आमंत्रित किया। नूयी ने यह न्योता स्वीकार कर लिया। इसी दौरान नूयी ने उँगलियों के परंपरागत अर्थों को सहेजते हुए उनका विस्तार किया और उसे महाद्वीपों से जोड़ दिया। पाँच महाद्वीप। पाँच उँगलियाँ। बात तार्किक थी। सहज थी। फिर नूयी ने महाद्वीपों को उनके आम चरित्र के अनुरूप उँगलियों से जोड़ा। बस, वहीं बवाल हो गया।

नूयी के मुताबिक अक्खड़ और मजबूत एशिया अँगूठा है, अक्सर उपेक्षित रहने वाली कनिष्ठिका अफ्रीका, दिशा-निर्देशक तर्जनी यूरोप और प्रेम की प्रतीक अनामिका दक्षिण अमेरिका, बाकी बची बीच की सबसे लंबी उँगली मध्यमा को उन्होंने अमेरिका करार दिया। एमबीए कर रहे और जाहिर है, खासे 'पढ़े-लिखे' कुछ छात्रों के गले में यही बात अटक गई। उन्हें लगा कि यह अमेरिका की व्यक्तिगत

आलोचना है। उन्होंने इसे इंटरनेट पर अपने ढंग से प्रचारित किया। अखबारों ने इस खबर को हाथ नहीं लगाया, लेकिन 'ब्लागस्पेस' के हंगामे के कारण नूयी को एक ऐसी गलती के लिए माफी मांगनी पड़ी जो उसने की ही नहीं। शायद नूयी जैसी समझदार महिला की गलती यह थी कि उसने पूरे अमेरिकी समाज को पढ़ा-लिखा मान लिया। यह नहीं समझा कि अमेरिका में बीच की उँगली को हिलाना अश्लील संदर्भ में देखा जाता है।

मध्यमा को ध्यान मुद्रा में शनि क्षेत्र का प्रतिनिधि तथा प्रेम और रहस्य का प्रतीक माना जाता है। योग में अँगूठे और मध्यमा के पोर छूकर बनी मुद्रा को पवित्रता में वही स्थान हासिल है जो अनामिका और अँगूठे को है। माना जाता है कि मध्यमा और अंगुष्ठ का योग असीमित प्यार और ऊर्जा का आधार है। क्या यह संभव नहीं कि नूयी अपने बचपन के परिवेश से सीखी इन बातों की ओर संकेत कर रही हों। यह बताने की कोशिश कर रही हों कि एशिया और अमेरिका साथ आ जाएँ तो दुनिया बदल सकने की संभावना वाली ऊर्जा का संचार होगा। लेकिन छलाँगू देश अमेरिका को यह बात समझ में नहीं आई। उसे तो इसमें सिर्फ अश्लीलता दिखाई दी।

स्वयंमुग्धा अमेरिका की परेशानी यही है। यानी कि जो उसके साथ नहीं है, उसके खिलाफ है। अफगानिस्तान के मामले में यही हुआ। इराक में भी। अब अमेरिका चाहता है कि भाषा के संदर्भ में भी यही हो। वह जो चाहे वही लिखा-बोला जाए। शब्दों और संकेतों के वही अर्थ लगाए जाएँ जो अमेरिका को समझ में आते हैं। बाकी दुनिया का पूरा ज्ञान, परंपरा, संस्कृति और इतिहास जाए चूल्हेभाड़ में। अमेरिका की दुनिया अमेरिका तक है। जो उसके अलावा है, वह है ही नहीं। पाठक जी की दुल्हन की तरह अमेरिका के लिए वही सब कुछ सही है जो वह करे। ज्ञान, सभ्यता, विकास सब उसका। भाषा-संस्कृति उसकी। वर्णमाला का पहला अक्षर उसका। अ से अमेरिका। अ से अनपढ़।

29 मई, 2005

मध्य-वर्ग-पहेली

मध्यवर्ग एक पहेली है। एक कठिन वर्ग पहेली। कठिनतम सु-डोकू से भी कठिन। लगभग दुस्साध्य। उसके बारे में ज्यादा पता नहीं है। चीजें धीरे-धीरे सामने आ रही हैं। अब तक उसे पूरी तरह देखा-समझा नहीं गया। वह सबके लिए नया है। या नए जैसा है। वह दो स्थापित वर्गों के बीच की तरल व्यवस्था है। ठोस बनने के प्रयास में मुब्तिला। लेकिन विफल। पहले सिर्फ दो वर्ग थे—उच्चवर्ग और निम्नवर्ग। बीच में कुछ था ही नहीं। अगर था भी तो इतना छोटा कि गिनती में नहीं आया। राजा और प्रजा के बीच कोई नहीं था। शासक और शासित के बीच कोई नहीं। मध्यवर्ग को पूँजीवादी व्यवस्था ने खड़ा किया। एक अति तरल वर्ग। रूप, रंग विहीन। निराकार। यह वर्ग सामान्य जीवन नहीं जीता। हमेशा एक डर के साथ रहता है। यह डर कि किसी दिन फिसल कर वह निम्नवर्ग में चला जाएगा। या यह इच्छा कि उसकी गिनती उच्च वर्ग में हो जाए। उसकी प्रवृत्ति द्वंद्वात्मक है। वह डर और इच्छा के बीच झूलता है। स्थिर नहीं हो पाता। उसके फैसले लगभग हमेशा डर या उम्मीद से प्रभावित होते हैं।

अहमदाबाद की एक निजी कंपनी का नाम है 'समस्या और समाधान।' समस्या लेकर आइए, समाधान ले जाइए। कंपनी का बोर्ड किसी ज्योतिष कार्यालय पर भी लगा हो सकता था। कहीं और भी। इस बोर्ड पर समस्या को डर और समाधान को इच्छा पढ़ा जा सकता है। रहस्य की बुनियाद पर काम करने वाली इस कंपनी ने एक ज्योतिषी की नियुक्ति की है। नौकरी के लिए आवेदन करने वालों से कहा है कि वे बायोडाटा के साथ अपनी कुंडली जरूर भेजें। बिना जन्म कुंडली वाले आवेदनों पर विचार नहीं किया जाएगा। ज्योतिषी ने कंपनी की कुंडली बना रखी है। वह आवेदनकर्त्ता की कुंडली का उससे मिलान करता है। देखता है कि दोनों के कितने गुण मिल रहे हैं। ग्रहों की स्थिति के हिसाब से दफ्तर में आवेदक का व्यवहार कैसा होगा? बॉस से निभेगी या नहीं? कंपनी की तरक्की में उसके ग्रह कितने सहायक होंगे?

कंपनी अभी नई-नई है। उसका यह प्रयोग अपने पहले चरण में है। इसका नतीजा क्या निकलता है, यह बाद में पता चलेगा। लेकिन इसका एक असर तत्काल हुआ है। पिछले दिनों कंपनी ने तीस आवेदन पत्र सिर्फ कुंडली की वजह से छाँट दिए। इन सब लोगों के पास विज्ञापित पद के लिए अनिवार्य योग्यता थी। जरूरी अनुभव था। पर कुंडली नहीं मिली। कंपनी के ज्योतिषी का मानना है कि नौकरी विवाह की तरह का अनुबंध है। इसमें उतनी ही सावधानी की जरूरत है। हर कंपनी को यह हक है कि वह अपने लिए अनुकूल कर्मचारियों की तलाश करे। कुंडली मिलाना जाँचा-परखा तरीका है। बिना कुंडली मिलाए लोगों को नौकरी पर रखने और कुछ समय बाद निकाल देने से बेहतर है।

ज्योतिष के प्रति यह आकर्षण केवल मध्यवर्ग तक सीमित नहीं है। अन्य वर्गों के लोग भी उधर झुकते हैं। लेकिन कम। उनके कारण भिन्न होते हैं। डर और उम्मीद से अलग। कभी परंपरा। कभी विवशता। डर और उम्मीद इसमें कभी-कभी शामिल होती हैं। ज्योतिष की ओर जाने वाला सबसे बड़ा समूह मध्यवर्ग से आता है। उनके इस आकर्षण की जड़ें गहरी हैं। यह मोह अकारण नहीं है। वह मानता

है कि जो अनदेखा और अनसुलझा है, वह पूज्य है। लगभग शून्य की तरह, जिसे वह रहस्यमय और अनंत समझता है। वृत्त की तरह का रहस्य, जिसका ओर-छोर नहीं है। कहाँ से शुरू हुआ, पता नहीं। कहाँ खत्म होगा, कोई नहीं जानता। उसका रहस्य कभी पूरा नहीं खुलता। वृत्त और ज्योतिष दोनों के साथ सहूलियत यह है कि उसमें कोने नहीं होते। वृत्त वर्ग नहीं है कि पहेली बने और सुलझा लिया जाए। वह रहस्य है। वैसे भी, वर्ग में कोने होते हैं। चुभ सकते हैं। वृत्त कभी नहीं चुभता। सब गोल-मोल रहता है।

कुछ समय पहले प्रोफेसर जेम्स ग्लीक ने यही सवाल दूसरे ढंग से उठाया। वह जानना चाहते थे कि किसके मन में क्या सवाल है। और वह उसे कितना प्रभावित करता है। ग्लीक ने अपने प्रयोग के लिए बीस लोग चुने। कुछ अमीर, कुछ गरीब। कुछ पढ़े-लिखे, कुछ अनपढ़। सबको लेकर आल्प्स पर्वत श्रृंखला गए। सबके पाँवों में स्की पैड बाँधे और उनसे फिसल कर नीचे आने को कहा। चार सौ पन्ने की अपनी किताब 'केऑस' में ग्लीक ने इस प्रयोग का सचित्र विश्लेषण किया। उन्होंने पाया कि सबसे अमीर और सबसे गरीब लोग लगभग सीधी रेखा में नीचे आए। लेकिन इन दोनों से ज्यादा रेखाएँ टेढ़ी-मेढ़ी थीं। ये निशान उन लोगों के स्की बोर्ड के थे जो न बहुत गरीब थे, न बहुत अमीर। न बहुत पढ़े-लिखे थे, न एकदम अनपढ़। ग्लीक ने इन्हें 'भ्रमित वर्ग' कहा। यानी भारतीय संदर्भ में मध्यवर्ग।

ग्लीक ने इन लोगों से बाद में अलग-अलग बात की। उनसे पूछा कि पहाड़ी ढलान से उतरते समय उनके मन में क्या था? वे क्या सोच रहे थे? वे इस नतीजे पर पहुँचे कि उच्चवर्ग के लिए यह एक खेल था। इसमें उनके लिए कुछ भी नया नहीं था। निम्नवर्ग के लिए यह एक निरर्थक प्रयास था जिसके बदले उन्हें कुछ पैसे मिले। 'भ्रमित वर्ग' के मन में उस समय अपने परिवार, व्यापार, संबंध और संतुलन का सवाल था। उसकी नजर अन्य दोनों वर्गों के लोगों पर

थी। यह समझने का प्रयास था कि आखिर इस प्रयोग का मतलब क्या है। और यह कि इससे हासिल क्या होने वाला है। प्रोफेसर ग्लीक ने इन सवालों को दो हिस्से में बाँटा। आसान और सरल। बाद में उन्होंने इसमें एक श्रेणी और जोड़ी—रहस्यमय। ऐसे सवाल जिन्हें देश-काल के हिसाब से वहाँ नहीं होना चाहिए था।

इस प्रयोग पर बाद में बहुत-सी टीकाएँ लिखी गईं। उनमें से एक में इसे औद्योगिक क्रांति से जोड़ा गया। कहा गया कि पूँजीवादी व्यवस्था ने समाज में बहुत सारी चीजें बदल दी हैं। सवालों को रोचक बना दिया है। नए किस्म के सवाल खड़े कर दिए हैं। ऐसे सवाल, जिनका राजशाही, उपनिवेशवादी या सामंती व्यवस्था में कोई वजूद ही न होता। भारत के संदर्भ में इसी व्यवस्था ने अनिश्चितता को जन्म दिया और ज्योतिष को एक नई जमीन दे दी। उपजाऊ जमीन। नई व्यवस्था में मध्यवर्ग बढ़ा और उसके सवालों की संख्या भी। ये सवाल कठिन नहीं थे लेकिन उन्हें आसान नहीं कहा जा सकता था। ये ठोस नहीं थे कि उन्हें किसी वर्ग में रखा जाए और वे वहीं रहें। मध्यवर्ग के सवाल सरल नहीं थे, तरल थे। वर्ग पहेली की तरह उनके कई जवाब हो सकते थे। वे कहीं से चल कर कहीं पहुँच जाते थे। इसी जमीन पर उम्मीद की खेती होती है। ज्योतिष की जरखेज जमीन।

आँकड़ों में अल्पसंख्यक

अल्पसंख्यक शब्द की उत्पत्ति आँकड़ों से हुई। निश्चित तौर पर यह भारतीय परंपरा का शब्द नहीं है। इसे आँकड़ों के आधार पर गढ़ा गया। पहले पृथ्वी पर लोग रहते थे, फिर आँकड़े रहने लगे। लगभग वैसे ही जैसे गाँवों में घर रहते हैं, शहरों में घरों के नंबर। आँकड़ों की जरूरत से इंकार किए बिना यह माना जा सकता है कि वे दुधारी तलवार हैं। उन पर बहुत भरोसा नहीं किया जा सकता। वे कभी भी पलट सकते हैं। पलटे जा सकते हैं।

आँकड़ों की बहुत सी चीजें बदल दी गई हैं। कुछ सुधार दीं, कुछ बिगाड़ दीं। उनकी आमद से पहले की दुनिया दूसरी तरह की थी। उसकी सियासत, उसका समाज भिन्न था। उसकी जो खूबियाँ-खामियाँ थीं, दूसरे तरह की थीं। अथर्ववेद के बारहवें कांड में दर्ज 'पृथिवी सूक्त' की दो ऋचाएँ इस दृष्टि से बहुत महत्त्वपूर्ण हैं। एक ऋचा में कहा गया है, 'माता भूमिः पुत्रो अहं पृथिव्याः।' इसमें पुत्रों को आँकड़ों में तब्दील नहीं किया गया है। सारी भूमि माँ है और सारे निवासी, उसके पुत्र। इसी सूक्त की एक अन्य ऋचा इस अवधारणा को और स्पष्ट करती है :

'जनं बिभ्रती बहुधा विवाचसं
नानाधर्माणं पृथिवी यथौकसम...'

अगर वैदिककालीन धर्म उसकी वर्तमान समझ से भिन्न हो तब भी यह ऋचा महत्त्वहीन नहीं होती। यह स्वीकार करती है कि यह पृथ्वी विभिन्न धर्मों या विश्वास वाले लोगों को एक समान आधार देती है। वह धर्म के आधार पर लोगों को विभाजित नहीं करती। उन्हें आँकड़ों में नहीं बदलती।

जनगणना की आधुनिक व्यवस्था करीब डेढ़ सौ साल पहले शुरू हुई। इसके पीछे वैज्ञानिक दृष्टिकोण से इंकार नहीं किया जा सकता, लेकिन यह देख पाना कठिन नहीं है कि इसमें शासक का सोच क्या था? उसका हित कहाँ था? यह सवाल उठाया जा सकता है कि जनगणना का उद्देश्य क्या सिर्फ यह था कि उसके आँकड़ों के आधार पर जनकल्याण योजनाएँ चलाई जाएँगी? हर तस्वीर की तरह इसके भी दो पहलू थे। अपनी सुकृति और विकृति में दोनों पहलू आज हमारे सामने हैं। एकदम साफ-साफ देखे जा सकते हैं।

देश की मौजूदा राजनीति में इन्हीं आँकड़ों से उपजे दो शब्द अल्पसंख्यक और बहुसंख्यक हावी हैं। आँकड़ों ने 'तुष्टि' और 'उपेक्षा' के अर्थ बदल दिए। सामाजिक संरचना इन्हीं शब्दों के आधार पर देखी जाती है। आर्थिक विकास को इसी कसौटी पर कसा जाता है। लोकतान्त्रिक व्यवस्था और चुनावी राजनीति भी इसी के इर्द-गिर्द

घूमती है। गनीमत है कि सीटों का अल्पसंख्यक-बहुसंख्यक आधार पर आरक्षण नहीं होता, लेकिन इसे आशंका के दायरे से बाहर नहीं रखा जा सकता। आजादी के बाद के भारतीय नेतृत्व ने इसे काफी हद तक समझ लिया था और इस आँकड़ेबाजी को तोड़ने की हिकमतें की थीं। धर्मनिरपेक्षता पर जोर और उसे संविधान में शामिल करना संभवतः इसी हिकमत का हिस्सा था।

इस तर्क को एक अन्य रूप में भी देखा जा सकता है। कहते हैं कि इरादतन न किए जाने पर भी कई बार चीजें बिगड़ जाती हैं। यह बिगाड़ अंतरिक्ष की तरह समय के साथ-साथ फैलता जाता है। यानी कि उसे सुधारने का आसान तरीका शुरुआती दिनों में मिलता है। बाद में समस्या और उसका हल दोनों जटिल होते जाते हैं। उस समय मौका चूक गए तो कई बार सूरते-हाल ऐसी बिगड़ सकती है कि उसे सुधारने में एक दो नहीं कई पीढ़ियाँ गुजर जाएँ।

पिछले साल आँकड़ों के लोकतान्त्रिक खेल में आँकड़ों से खेलने वाले मनमोहन सिंह प्रधानमंत्री बने। उनकी सदाशयता पर संदेह नहीं किया जा सकता, लेकिन राजनीति के आँकड़े अर्थशास्त्र के आँकड़ों से भिन्न होते हैं। इसके नतीजे दूरगामी और गंभीर हो सकते हैं। अखबार में खबर छपी है कि सरकार ने प्रधानमंत्री के निर्देश पर मुसलमानों के बारे में आँकड़े जुटाने के लिए एक उच्चस्तरीय समिति गठित की है। सात सदस्यों की इस समिति के अध्यक्ष न्यायमूर्ति राजेंद्र सच्चर होंगे। इसकी एक बैठक हो भी चुकी है।

समिति को अपनी रपट सवा साल में देनी है। इसका मतलब यह हुआ कि देश के मुसलमान अगले पंद्रह महीने तक सरकारी खुर्दबीन से देखे जाएँगे। इसका उद्देश्य यह पता लगाना है कि मुसलमानों की आबादी किन इलाकों में ज्यादा है, वे अपना जीवन-यापन कैसे करते हैं, उनकी आय और संपत्ति कितनी है तथा सरकारी और निजी क्षेत्र में उनके पास कितनी नौकरियाँ हैं? सामाजिक-आर्थिक विकास, साक्षरता, स्वास्थ्य और अन्य पिछड़ी जातियों में मुसलिम पिछड़ी जातियों का प्रतिशत भी जाँच के दायरे

में होगा। प्रधानमंत्री मनमोहन सिंह को संदेह का लाभ देने पर भी यह सवाल बना रहता है कि मुसलमानों को इस तरह आँकड़ों में बदलने से क्या हासिल होगा? या फिर इस नई जाँच से ऐसा क्या मिल जाएगा जो हर दस साल बाद होने वाली जनगणना के आँकड़ों से अलग होगा? जनगणना में धर्म पहले से ही एक कॉलम है और अपेक्षित जानकारियाँ उसमें मौजूद हैं।

आग से खेलना हमेशा खतरनाक होता है भले ही पानी से भरी बाल्टी हाथ में हो। नीयत साफ हो तो आग और आँकड़े उपयोगी हो सकते हैं, पर इसकी क्या गारंटी कि लोकतांत्रिक आँकड़ों के खेल में पासा उलटा पड़ जाए और कोई गैर-धर्मनिरपेक्ष सरकार सत्तारूढ़ हो जाए। वैसी स्थिति में क्या इन आँकड़ों और जानकारियों का दुरुपयोग नहीं हो सकता? तब क्या इसी आधार पर मुसलमानों को निशाना नहीं बनाया जा सकता? सच्चर साहब इससे इत्तफाक नहीं रखते। उन्हें ऐसी कोई आशंका नहीं है, बल्कि उनका मानना है कि 'आँकड़े तटस्थ होते हैं; उनका दुरुपयोग नहीं किया जा सकता।'

बात यहीं खत्म नहीं होती। सरकार का इरादा है कि वह सच्चर समिति की रिपोर्ट के आँकड़ों की तुलना अपने पास अन्य स्रोतों से उपलब्ध आँकड़ों से करेगी। इस तुलना का अगला चरण यह होगा कि मुसलिम आँकड़ों को हिंदू आँकड़ों, सिख आँकड़ों और ईसाई आँकड़ों के बरक्स देखा जाए। जिन लोगों को विवादों का उद्गम देखने की इच्छा हो, उन्हें इस समिति पर खास तौर से गौर करना चाहिए।

1 मई, 2005

सादगी की जटिलता

ब्योन बोर्ग ने पाँच विंबल्डन खिताब जीते। और भी बहुत-सी उपलब्धियाँ बोर्ग की झोली में गईं। यह सत्तर के दशक की बात है। उन्नीस सौ बयासी में टेनिस के इस ललित कला विशेषज्ञ ने संन्यास ले लिया। बोर्ग को खेलते हुए देखना एक सुख था। मैदान से बाहर एक दूसरी तरह का आनंद। बहुत नियंत्रित। शांत। मितभाषी। कोर्ट में जितना जरूरी हो, उतनी ही गतिविधि। अगर सिर्फ उँगली हिलाने से काम चलता हो, तो उतना ही। इस पर भी बोर्ग एक चुनौती थे। जब तक खेले, चुनौती रहे। एक कठिन चुनौती। जीवन और खेल दोनों में। बोर्ग का विस्तार सहज था। स्वाभाविक था। बेसलाइन से लेकर नेट तक। हर जगह मौजूद। और इतनी पुख्तगी से कि भेदना कठिन। दोनों हाथ से रैकेट पकड़ कर फोरहैंड क्रॉसकोर्ट शॉट। बैकहैंड में भी उतने ही प्रवण। देखने लायक। नेट पर ड्रॉप सहजता से। पूरे लालित्य के साथ। बोर्ग का व्यक्तित्व निर्मल था। उनकी उपस्थिति, अद्‌भुत।

यह पूरा विवरण निर्मल वर्मा पर लागू हो सकता है। होता है। जस का तस। बस नाम बदल कर। खेल की पदावली को हटा कर। निर्मल को लिखते हुए देखना। उनका लिखा हुआ पढ़ना। उन्हें पढ़ते हुए देखना। उन्हें देखना। इन सभी क्रियाओं में एक खामोशी शामिल थी। एक सादगी। यह अकेलेपन से नहीं उपजी है। न ही स्वनिर्वासन इसका आधार है। जो धुंध दिखाई देती है वह निर्मल की बनाई हुई नहीं है। उनकी है जो निर्मल को समझे बिना उनके पास जाना चाहते हैं। निर्मल नहीं, उनका एकांत लोगों को आतंकित करता है। लेकिन वही निर्मल का मुहावरा है। और पाठ भी।

देश, समाज और विधाओं के फासले एक जैसे व्यक्तित्वों के लिए बेमानी होते हैं। निर्मल को पढ़ना और बोर्ग को खेलते देखना करीब-करीब एक ही तरह का अनुभव है। इसे उस अनुभव से गुजरे बिना नहीं समझा जा सकता। उनकी अपनी लय-युति है। गति है। वह आपको अपने कब्जे में कर लेती है और फिर अपनी गति से चलाती है। विवश कर देती है। आँखों के सामने एक दूसरी दुनिया खोलते हुए। एक भव्य-विराट दुनिया। ऐसी दुनिया, जिसमें सहजता और जटिलता विरोधाभासी शब्द नहीं होते। एक-दूसरे के पर्याय होते हैं। सहज सहयात्री बन जाते हैं।

इन खूबियों वाले लोग मशीनी हो ही नहीं सकते। विशाल फलक के बावजूद दोहराव से बचे रहते हैं। किसी घिसे टेप की तरह खराब मशीन में फँसी आवाज के डर से मुक्त। निर्मल वर्मा को पढ़ते हुए पूरा पढ़ना पड़ता है। यह संभव नहीं है कि उसे खरगोश की तरह कुलाँचे मारते हुए पढ़ा जाए। उनका गद्य आपकी गति तय करता है। वह आदेश नहीं देता लेकिन यह दरकार होती है कि उसे पढ़ने में एहतियात रहे। खरगोश के रोएँ से बनी तलवार उठाने जैसी। पात्रों की सीमित संख्या निर्मल को बाकायदा एक खाली जगह उपलब्ध कराती है। एक ऐसी जगह, जो बातों की तह तक जाने में मददगार हो। इतिहास, अतीत और संबंध की पड़ताल करे। इन्हीं तहों के बीच मखमली कपड़ों में लिपटी वह तलवार होती है, जिसे हिफाजत से रखना उतना ही जरूरी है, जितना उसे चलाना। सिर्फ उतनी हरकत

के साथ, जिससे संबंध और संस्कृति का अँधेरा चीरा जा सके। चीजों को थोड़ा साफ-साफ देखा जा सके। इतिहास और समाज के संदर्भ में उन्हें वहाँ रखा जा सके, जहाँ होना चाहिए।

कई बार लगता है कि रिश्तों और समाज की उलझी हुई परतें खोलने में निर्मल की कहानियाँ ज्यादा कामयाब हैं। उपन्यासों से अधिक। यह दरअसल छोटे और बड़े फलक का फर्क है। बड़े फलक की जो खूबियाँ हैं, उसकी समस्या भी वही है। सब कुछ समेट कर तह करते हुए तरतीब से रखना। रखते जाना। ऐसा लग सकता है कि यात्रा वृत्तांत और कहानियाँ निर्मल के उपन्यासों पर पैबंद की तरह हैं। लेकिन ऐसा है नहीं। थोड़ा गहराई में उतरते ही यह तर्क खुद-ब-खुद टूट जाता है। निर्मल की कहानियों का वैचारिक विस्तार उनके उपन्यासों से कतई कम नहीं है। वे अंतर्मन की पड़ताल बखूबी करती हैं। बल्कि कई जगह वे अंदरूनी जटिलताओं को बेहतर पकड़ती लगती हैं। हर विधा में उनका लेखन एक चुनौती की तरह खड़ा होता है। इस लिहाज से निर्मल के मुकाबले सिर्फ एक ही लेखक दिखाई पड़ता है। निर्मल।

कथा साहित्य के अलावा निर्मल की चिंता के कई और विषय थे। गद्य की स्थिति और उसका निरंतर ह्रास उनकी चिंता का एक प्रमुख विषय था। उन्हें कई बार लगता था कि उनके हाथ का हथियार भोथरा होता जा रहा है। गद्य अपनी गरिमा खो रहा है। उसका सीधा असर सभी गद्य विधाओं पर पड़ा है। निर्मल अक्सर कहा करते थे कि हर व्यवस्था में एक गोयबल्स है, जो शब्दों द्वारा सत्य को झूठ में बदलना चाहता है। भाषा खामोशी से और अदृश्य ढंग से ध्वस्त हो जाती है और इस ओर बहुत कम लोगों का ध्यान जाता है। इस चिंता के बावजूद निर्मल ने अपना हथियार कभी नहीं छोड़ा। उसे बदलने की कोशिश की। लगातार करते रहे। उस पर एक नई धार चढ़ाई। धार की वास्तविक क्षमता का आकलन अभी होना बाकी है।

निर्मल अपनी रचनाओं के माध्यम से भाषा के हथियार को धारदार बनाने का काम करते रहे। कहानियों से लेकर उपन्यासों तक। इस हद तक कि भाषा के स्थापित विशेषण उसके लिए अपर्याप्त

हो गए। 'लाल टीन की छत', 'रात का रिपोर्टर' और 'एक चिथड़ा सुख' से लेकर 'अंतिम अरण्य' तक। निर्मल के आलोचकों के सामने एक समस्या थी। भाषा के भोथरेपन की। वही भाषा जिसे लेकर निर्मल चिंतित रहते थे। निर्मल के लेखकीय जीवन में उनकी भाषा में भारी बदलाव आया, पर आलोचना की भाषा वही रह गई। उसके प्रतिमान नहीं बदले। रचनाओं में धार थी। नयापन था। दिक्कत यह थी कि यह बदलाव आकलनकर्ताओं की धार से मेल नहीं खाता था। संभवतः इसी अंतर की वजह से निर्मल की आलोचना उलझ कर रह गई। भारतीयता, भारतीय विचार-संस्कार और उनके कथित राजनीतिक रुझान में। निहायत आक्रामक असहमतियों के साथ। यह चुनौती दोनों ओर थी।

निर्मल का विकास संभवतः इसी चुनौती से होता है। उन आरोपों के जवाब की तरह कि निर्मल का लेखन अँधेरे में आत्मालाप है। आरोप लगाने वाले इस एकालाप को स्वयंमुग्धता की श्रेणी तक ले जाते हैं। उन्हें आलोचना की सबसे मुखर चुनौती कहा जाता है। यह समस्या आलोचना की है। निर्मल की नहीं। उनके यहाँ परंपरा और तर्क दोनों हैं। दोनों का विस्तार है। सहूलियत की हद तक। इसमें यह छूट है कि लेखन का एक हिस्सा उठाकर निर्मल को एक खास रंग में रंग दिया जाए। यह सोचे बिना कि परंपरा को फिर से जाँचने में कुछ गलत नहीं है। 'अंतिम अरण्य' की आलोचना के समय निर्मल का यह वाक्य उनके खिलाफ इस्तेमाल किया गया कि परंपरा का मूल्यांकन खुद का मूल्यांकन करना है...अपनी अस्मिता की जड़ों को खोजना है।

यह वक्त साहित्य और आलोचना के मैकनरो लोगों का है। आक्रामकता जीवित-बचे रहने की अनिवार्य शर्त है। साहित्यिक हिंसा स्वीकार्य हो गई है। उखाड़-पछाड़ जीवन है। जटिलता स्तुत्य है। यह वक्त मानता है कि कोई भी जय-पराजय से परे नहीं है। निर्मल का एकांत उन्हें खल जाने वाली दूरी तक अलग ले जाता था। उस भीड़ से अलग, जिसे दौड़ कर दूसरा किनारा पकड़ने की जल्दी है। निर्मल

की सादगी ने उन्हें जटिल बना दिया। वह बोर्ग की तरह रहे। मैकनरो लोगों से कुछ नहीं कहा। वह संभवतः इस कथन पर यकीन करते थे कि प्रभावी होने के लिए जोर से बोलना जरूरी नहीं होता। शायद जानते थे कि मैकनरो को बोर्ग का मुकाम कभी हासिल नहीं हुआ।

30 अक्तूबर, 2005

अपरिचित अपराध

ऐ शहर दिल्ली, सुन! कभी किसी पर भरोसा मत कर। भूल कर भी नहीं। सुरक्षित रहना है तो अविश्वास कर। जिंदा रहना है तो भी। यह बात गाँठ बाँध ले। तेरा सुख-चैन सिर्फ एक शब्द पर टिका है। अविश्वास। वही जीवन का आधार है। भरोसा एक बुरा शब्द है। गाली है। इससे बच कर रह। जिसने भरोसा किया, धोखा खाया। सबको संदेह की नजर से देख। खासतौर पर उन्हें, जो परिचित हैं। जिन्हें तू जानता है। जीवन की संभावना संदेह में निहित है। वही तुझे बचा सकता है। इसलिए शक करना सीख। सारी पुरानी हिदायतें दरकिनार कर दे। सब किताबी बातें भूल जा। भुला दे कि यह दुनिया विश्वास पर टिकी है। तय तुझे करना है कि तू क्या चाहता है। एक ओर घिसी-पिटी परंपरा है, दूसरी ओर जीवन। चुनना तुझे है।

ऐ शहर दिल्ली की लड़की। यह सबक तेरे लिए भी है। बल्कि तेरे लिए और भी जरूरी है। समझ कि भरोसा करने लायक कोई नहीं है। न परिचित। न अपरिचित। आँखें खोल कर देख। जिन्हें तू भरोसे के लायक समझती थी, वही सबसे ज्यादा खतरनाक हैं। रिश्तेदार, दोस्त और परिचित। तुझे असली खतरा इन्हीं से है। अपरिचित लोगों से अधिक। अगर सौ अपराध होते हैं तो नब्बे परिचित लोग ही करते हैं। अपरिचित लोग इस लिहाज से बेहतर दिखते हैं। पर हैं नहीं। भरोसा उन पर भी मत कर। सब पर सौ फीसद अविश्वास कर। सबको शक के दायरे में रख। उनसे बच कर रह। यह जरूरी है। ताकि तेरी इज्जत-आबरू सुरक्षित रहे। इसलिए परिचित-अपरिचित का खाँचा तोड़ दे। यह शहर भरोसे के काबिल है ही नहीं। तू यह बात अच्छी तरह समझ ले। अब तो सरकारी महकमे भी यह बात मानने लगे हैं। उनके आँकड़े देख। वे भी यही कहते हैं।

दिल्ली पुलिस ने शहर को नए साल में यही मंत्र दिया है। साफ कर दिया है कि अपनी हिफाजत चाहते हो तो सब पर अविश्वास करो। लोग तुले बैठे हैं। धोखा देने के लिए। शहर और उसके बाशिंदों की हिफाजत के लिए पुलिस को बीज-मंत्र मिल गया है। अब वह इसका प्रचार करेगी। उसका मानना है कि जब तक लोग एक दूसरे पर भरोसा करते रहेंगे, अपराध होते रहेंगे। लोग विश्वास करना छोड़ दें तो अपराध खुद-ब-खुद कम हो जाएँगे। उसके आँकड़े यही बात साफ-साफ कहते हैं। अविश्वास को रेखांकित करते हुए। ये आँकड़े उसने बड़ी मेहनत से जुटाए हैं। उनका व्यापक विश्लेषण किया है। उसे यकीन है कि लोगों का एक दूसरे से भरोसा उठ जाए तो आधी समस्या हल हो जाएगी।

विश्वास की वजह से हुए अपराध में छानबीन कठिन होती है। उसमें धरपकड़ भी आसान नहीं रह जाती। इसमें लोग एक-दूसरे को बचाने लगते हैं। बड़ी भारी नासमझी करते हैं। उन्हें समझना चाहिए कि विश्वास होगा तो पुलिस असहाय होगी। कुछ नहीं कर पाएगी। पुलिस आपके लिए है। आपके साथ है। हमेशा। वह कुछ

कर नहीं पाती क्योंकि लोग आज भी दूसरों पर भरोसा करते हैं। करते चले जा रहे हैं। अपनी गलतियों से सीखने को तैयार नहीं हैं। उसे एक हल्की-सी उम्मीद है कि एक दिन लोग उसकी बात सुनेंगे। समझेंगे। और उसका काम किसी हद तक आसान हो जाएगा। यह नहीं मालूम कि उसे इस उम्मीद पर कितना भरोसा है। लेकिन उम्मीद है।

पुलिस ने अपनी बात के समर्थन में आँकड़े जारी किए हैं। बताया है कि वह कितनी मजबूर है। उसने बारहाँ कहा कि किसी पर भरोसा मत करो। अविश्वास को अपना नया जीवन-दर्शन मानो। पर लोग मानते ही नहीं। मान गए होते तो आँकड़े कुछ और होते। सन् दो हजार पाँच इतना बुरा न बीतता। लोगों को यह कहने का मौका नहीं मिलता कि दिल्ली बलात्कार की राजधानी है। दिल्ली पुलिस के आयुक्त का कहना है कि पिछले साल राजधानी में बलात्कार के छह सौ बयालीस मामले दर्ज हुए। इनमें से सत्तानवे दशमलव पाँच प्रतिशत मामलों में अपराधी बलात्कार की शिकार लड़की को जानता था। यानी कि लड़की को उस पर भरोसा था। सिर्फ ढाई प्रतिशत मामले ऐसे थे, जिनमें पुलिस की चौकसी से अपराध रुक सकता था। अपराधी पकड़ा जा सकता था। बाकी मामलों में कसूर पुलिस का नहीं है। भरोसे का है। भरोसा होगा तो पुलिस क्या करेगी?

यही हाल हत्या का है। गए साल हत्या के चार सौ सैंतीस मामले हुए। इनमें से नब्बे प्रतिशत मामलों में हत्यारा अपने शिकार से परिचित था। अपहरण के तो सारे मामलों की जड़ में भरोसा था। अपहर्ता या तो रिश्तेदार या दोस्त था या फिर पड़ोसी। इनमें से कितने मामले हल हुए, इसका ब्योरा पुलिस ने नहीं दिया। या कम से कम यह नहीं बताया कि उसके आँकड़े इतने खराब क्यों हैं। पुलिस ने इसके दो कारण बताए हैं। प्रकारांतर से। पहला भरोसा और दूसरा अशिक्षा। बकौल पुलिस ज्यादातर हत्यारे और बलात्कारी या तो अनपढ़ हैं या मामूली पढ़े-लिखे। जैसे कि पढ़े-लिखे होते तो पुलिस उन्हें फौरन धर दबोचती। भरोसे वाली बात तो फिर एक हद तक समझ में आती है। लेकिन अशिक्षित अपराध की

जाँच-पड़ताल में असुविधा अपने आप में एक नई अवधारणा है।

लगता है कि शहर दिल्ली वाकई बदल गया है। या उसकी प्रक्रिया में है। यह सोच उसी बदलाव का हिस्सा है। भरोसा केवल बहाना नहीं है। यह संभव नहीं दिखता कि अपनी अक्षमता और काहिली छिपाने का दिल्ली पुलिस ऐसा बहाना ढूँढ़ सकती है। वहाँ चोट कर सकती है, जिसके सहारे दुनिया अब तक आई है। अगर सचमुच यह बदलाव हो रहा हो तो इसका विरोध जरूरी है। भरोसा उठ जाना जघन्यतम अपराध से ज्यादा खतरनाक है। हत्या और बलात्कार के आँकड़ों से अधिक गंभीर। क्योंकि इसकी क्या गारंटी है कि भरोसा उठने से अपराध भी उठ जाएगा। उस ताने-बाने से बने समाज को सँभालना असंभव होगा, जहाँ भरोसा न हो। अपराध हर काल में रहा है। लेकिन भरोसे पर कभी उँगली नहीं उठाई गई। अब ऐसा क्या हो गया कि निशाना भरोसे पर है?

12 जनवरी, 2006

पेंग्विन से साक्षात्कार

आर के नारायण को स्कूली बच्चे पेंग्विन की तरह लगते थे। यह बात उन्होंने एक बार राज्यसभा में कही। बहस पाठ्यक्रम को लेकर थी। पर नारायण स्कूली बस्ते के बोझ से चिंतित थे। उनका भाषण लंबा नहीं था। नपा-तुला बोले। कहा कि स्कूली बच्चों की किताबों का वजन बहुत होता है। उसे कम किया जाना चाहिए। पीठ पर बस्ता लादे बच्चे जब चलते हैं तो उनके हाथ पेंग्विन की तरह हवा में खुल जाते हैं। सिर आगे को झुका होता है। कदम सीधे नहीं पड़ते। संतुलन बनाए रखने के लिए वे हाथों का सहारा लेते हैं। शब्द-चित्र इतना सटीक था कि दिमाग में अटक गया। उसके बाद से स्कूली बच्चे कभी बच्चे लगे ही नहीं। हमेशा थपू-थपू करके चलते पेंग्विन ही नजर आए।

नारायण राज्यसभा के मनोनीत सदस्य थे। संसद कम ही आते थे। बोलते उससे भी कम थे। छह साल के अपने कार्यकाल में बमुश्किल तमाम छह बार बोले होंगे। या शायद उससे भी कम। वे बोलते थे तो लगता था कि 'मालगुड़ी डेज' का कोई किरदार बोल रहा है। छोटे-छोटे वाक्य। सधी हुई भाषा। संतुलित प्रस्तुति। उसका असर सुनने वालों पर पड़ना लाजिमी था। बशर्ते कि उन्हें सुना जाए। सरकार ने नहीं सुना और नतीजा आज भी वही है। किताबें कम नहीं हुई हैं। बच्चे अब भी पेंग्विन की तरह ही चलते हैं।

बच्चों को पेंग्विन बनाने की प्रक्रिया खासी लंबी है। इसकी शुरुआत बच्चों के जन्म के दो-ढाई साल बाद ही शुरू हो जाती है। इस प्रक्रिया में शामिल कई माँ-बाप बचपन में खुद पेंग्विन बन चुके होते हैं। उन्हें यह बिल्कुल सामान्य बात लगती है। जो बिना पेंग्विन बने बड़े हुए, वे अपने लाड़ले या लाड़ली के बेहतर भविष्य के लिए इसमें शामिल हो जाते हैं। बच्चों को रट्टू तोते की तरह रंग, अंग्रेजी के कुछ जुमले और उठने-बैठने के तरीके सिखाए जाते हैं। इन तथाकथित 'प्री नर्सरी' स्कूलों में साक्षात्कार के गुर सिर्फ बच्चे नहीं सीखते। उनके माता-पिता भी सीखते हैं।

कोई स्कूल साक्षात्कार लिए बिना बच्चे को पेंग्विन नहीं बनाता। जितना बड़ा स्कूल, उतना ही कठिन साक्षात्कार। साक्षात्कार के सवाल भी ऐसे टेढ़े कि पसीना छूट जाए। भविष्य के पेंग्विन के एक माँ-बाप के सामने ऐसा ही सवाल रखा गया। मान लीजिए कि आप अपने बच्चे के साथ बाजार गए हैं। रास्ते में एक गुब्बारा बेचने वाला मिलता है। आसमान में सिर उठाए गैस भरे गुब्बारे। बच्चा गुब्बारे के लिए जिद करता है। आप क्या करेंगे? उसे गुब्बारा खरीद कर देंगे या नहीं देंगे? इस सवाल के दोनों उत्तर स्वीकार्य या अस्वीकार्य हो सकते हैं। मतलब यह कि साक्षात्कार से यह तय नहीं होता कि बच्चे को स्कूल में दाखिला मिलेगा या नहीं। 'हाँ' कहने पर आप बच्चे को बिगाड़ रहे होते हैं और 'नहीं' कहने पर असंवेदनशील हो जाते हैं। यह कभी पता नहीं चलता कि बच्चे को दाखिला क्यों नहीं मिला।

निजी स्कूलों ने साक्षात्कार का पेच कहाँ से सीखा, पता नहीं।

यूरोप और अमेरिका के स्कूलों में दाखिले के समय कोई साक्षात्कार नहीं होता। न बच्चे का। न माँ-बाप का। वहाँ किताबें भी बहुत नहीं होतीं। चौथी जमात तक तो एक भी नहीं। बच्चा केवल खाने का डिब्बा लेकर घर से जाता है। किताबें स्कूल में रहती हैं। वहीं पढ़ाई की, वहीं छोड़ कर आ गए। स्कूल की कोशिश होती है कि बच्चा पेंग्विन न बने। लेकिन भारत में और खासकर बड़े शहरों में तो जैसे सब कुछ उलटा-पुलटा है। यहाँ निजी स्कूलों को 'पब्लिक स्कूल' कहा जाता है। 'प्राइवेट स्कूल' होते ही नहीं। निजी और सार्वजनिक उलट गए हैं। जाहिर है भारतीय स्कूल विदेश की सौ-फीसद नकल से नहीं बने। वे अंग्रेजी बोलना भले सिखाते हों पर उनका एक हिस्सा एकदम भारतीय है। हर चीज में लाभ ढूँढ़ने वाला। लगातार काट-छाँट और कतरब्योंत करने वाला।

पब्लिक स्कूल साक्षात्कार के मामले में कुतर्क पर उतर आए हैं। मामला अदालत में गया तो उनके सामने रास्ते भी कम बचे। बौखलाहट बढ़ गई। एक बड़े स्कूल की प्रिंसिपल ने कहा कि साक्षात्कार के बिना बच्चों को दाखिला देना खतरे से खेलना है। 'ब्लाइंड डेट' की तरह है। बाजी ठीक पड़ भी सकती है, नहीं भी। चौदह साल साथ निभाने का सवाल होता है। इन स्कूलों को अचानक लगा कि वे पब्लिक स्कूल नहीं हैं। दलीलें दी गईं कि सरकार और अदालतें प्राइवेट स्कूलों के कामकाज में दखलंदाजी क्यों कर रही हैं। लगता है अदालतें उन्हें वाकई पब्लिक स्कूल मानती हैं। उन्हें सुधारना चाहती हैं। लेकिन स्कूल अड़े हुए हैं। चाहते हैं कि साक्षात्कार की व्यवस्था से छेड़छाड़ न की जाए। उसे चलने दिया जाए।

यशपाल समिति ने बच्चों को पेंग्विन बनने से रोकने और उनका साक्षात्कार बंद करने के कई रास्ते सुझाए थे। समिति की राय थी कि पहली जमात से भी पहले की कक्षा में दाखिले के लिए बच्चों के साक्षात्कार की यातना पर पूरी पाबंदी होनी चाहिए। यह स्कूलों की मनमानी है। बाल अधिकारों का हनन है। बच्चों को संविधान और देश के अन्य कानूनों के तहत कई अधिकार हासिल हैं। संविधान के अनुच्छेद चौदह में समानता का अधिकार, इक्कीस में जीवन और

स्वतंत्रता का अधिकार और इक्कीस-ए में शिक्षा का अधिकार दिया गया है। दाखिले के समय बच्चों का साक्षात्कार संविधान के इन तीनों प्रावधानों का उल्लंघन करता है। दिल्ली में अलग से भी एक कानून है दिल्ली स्कूली शिक्षा कानून। साक्षात्कार की व्यवस्था यह कानून भी तोड़ती है।

ढाई-तीन साल की उम्र में बच्चों के साक्षात्कार का कोई अर्थ नहीं है। उस उम्र में इंटरव्यू, जब उन्हें अपना जाँघिया सँभालना भी न आता हो। और यह इंटरव्यू भी किसलिए? पेंग्विन बनने के लिए? दुर्भाग्य से इसका सार्वजनिक और सामूहिक विरोध अब भी नहीं हो रहा है। और भारत पेंग्विनों का देश बनता जा रहा है। जो न उड़ सकते हैं, न लड़ सकते हैं।

हरम पत्रकारिता के हामी

अमेरिका एक महान देश है। वह महान काम करके महान हुआ है। धीरे-धीरे। एक-एक सीढ़ी चढ़ते हुए वहाँ पहुँचा है। महानता के शिखर तक। वहाँ पहुँच कर उसे महसूस हुआ कि महान बनना कठिन नहीं है। ऐसा कोई भी कर सकता है। असल कठिन काम महान बने रहना है। उसमें ज्यादा मशक्कत करनी पड़ती है। दुनिया की सबसे ऊँची चोटी एवरेस्ट पर चढ़ जाना आसान है। वहाँ बसना मुश्किल। जो भी गया, उसे लौटना पड़ा। एक झंडा गाड़ कर। अमेरिका शिखर से उतरना नहीं चाहता। इसके लिए उसे नई चीजें ईजाद करनी पड़ रही हैं। हथियार भी, अखबार भी।

अमेरिका अखबार को एक धारदार हथियार की तरह देखता है। पत्रकरिता की ताकत पहचानता है। मानता है कि हर युद्ध, सूचना का युद्ध है। उस मैदान में वह कोई खाली जगह नहीं छोड़ना चाहता। उस हथियार का अपने हक में इस्तेमाल करने का कोई मौका नहीं गँवाना चाहता। उसे पता है कि खाली जगह में विरोध पनपता है। खासतौर पर अखबारों में। खाली जगह को विरोध के रूप में देखा जाता है। आपातकाल के दिनों में भारत ने इसे देखा था। उन दिनों कई समाचार-पत्रों ने सेंसरशिप के विरोध में आवाज उठाई थी। संपादकीय की जगह खाली छोड़ कर। खाली जगह का दूसरा खतरा भी है। यह कि कोई और उसे भर देगा। हो सकता है कि वह विरोध का स्वर हो। ऐसा अक्सर होता भी है। ऐसे में सबसे अच्छा विकल्प यही होता है कि उस खाली जगह को अपने विचारों से भर दिया जाए। यह सतर्कता बरतते हुए कि छपा हुआ समाचार 'फरमाइशी' न लगे। यानी कि उसमें स्वार्थ रहे, पर किसी सूरत में दिखाई न पड़े।

अमेरिका इस्लामी देशों की इसी खाली जगह से जूझ रहा है। खाली जगह का अपना आतंक होता है। ओसामा बिन लादेन से बड़ा आतंक। सद्दाम हुसैन से ज्यादा बड़ा खतरा। ग्यारह सितंबर के हमले से अधिक विध्वंसकारी। खाली जगह के आतंक के कई पहलू होते हैं। उसमें डर के साथ-साथ यह चुनौती होती है कि उसे दूसरों से पहले कैसे भरा जाए। यह स्वार्थ होता है कि खालीपन उसके पक्ष में रहे। इस्लामी दुनिया में अमेरिका की भौगोलिक मौजूदगी है। साख नहीं है। इसी विश्वसनीयता के लिए वह अखबारों की प्रयोगधर्मिता का हवाला देकर खाली जगह खरीद रहा है। इस कोशिश में उसने पत्रकारिता की दुनिया में जाने-अनजाने कई आविष्कार कर दिए हैं।

नए आविष्कार करना अमेरिका की आदत है। वह आदतन और इरादतन नए आविष्कार करता है कि शिखर पर बना रहे। इस आदत में इच्छा और विवशता दोनों शामिल हैं। अमेरिका किसी भी क्षेत्र में कोई नई चीज पेश कर सकता है। एकदम अचानक। दुनिया

जब तक उसका निहितार्थ समझती है, दूसरा आविष्कार सामने होता है। पहले उसके आविष्कार विज्ञान के क्षेत्र में थे। हथियार उसी में से निकले। फिर वह समाज पर आया। आजकल उसकी नजर पत्रकारिता पर है। उसने पत्रकारिता की सीमाएँ निर्धारित कीं। फिर कहा कि खबर वही है, जो अमेरिका कहे। उसने उन्हें गढ़ना शुरू किया।

पत्रकारिता के क्षेत्र में यह अमेरिका का पहला प्रयोग और आविष्कार था। इराक युद्ध के समय सामने आया। वह 'रखैल पत्रकारिता' थी। 'एंबेडेड जर्नलिज्म'। रखैल पत्रकारिता 'एंबेडेड' का शाब्दिक अनुवाद नहीं है। भावानुवाद है, लेकिन उस शब्द-युग्म का सही अर्थ पकड़ने में सक्षम। पत्रकारों से कहा गया कि वे अमेरिकी सेना के साथ युद्ध के मैदान में जा सकते हैं। खबरें भेज सकते हैं। लेकिन इन समाचारों पर अमेरिकी सैनिक कमांडरों की सहमति होगी। किसी रखैल की स्वतंत्रता आखिर हो भी कितनी सकती है? कुछ ही दिनों में रखैल पत्रकारिता की विश्वसनीयता पर सवाल उठने लगे। इराक युद्ध के समय स्वतंत्र लेखन गिने-चुने लोग कर रहे थे। रॉबर्ट फिस्क और बीबीसी के एक संवाददाता के अलावा सतीश जैकब का नाम उनमें शामिल था। उन्होंने रखैल पत्रकारिता को पूरी तरह बेनकाब कर दिया। मजबूरन अमेरिका को नया आविष्कार करना पड़ा।

रखैल पत्रकारिता की धज्जियाँ उड़ने के बाद अमेरिका ने 'हरम पत्रकारिता' आरंभ की। दो हरम बनाए गए। नॉर्थ केरोलिना और फोर्ट ब्रेग में। हरम में खबरें, लेख तथा रेडियो और टेलीविजन कार्यक्रम तैयार किए जाते हैं और 'पका-पकाया माल' इस्लामी दुनिया के जनसंचार माध्यमों को परोस दिया जाता है। हरम में करीब सवा हजार लोग काम करते हैं। उन्हें अमेरिका से मोटी रकम मिलती है। यहाँ से निकलने वाली खबरों को 'सच्चा संदेश' कहा जाता है। इनमें अमेरिकी हितों को इतना छिपा कर रखा जाता है कि उस पर किसी आम पाठक को संदेह न हो। हरम में कुछ मनोविश्लेषक भी नियुक्त किए गए हैं। खबरों पर होने वाली प्रतिक्रिया का आकलन करने के लिए।

अमेरिकी अंतर्राष्ट्रीय विकास एजेंसी 'यूसेड' अफगानिस्तान में तीस रेडियो स्टेशन चलाती है। उनके कार्यक्रम हरम में तैयार होते हैं। हरम की खबरें इराकी अखबारों में छपती हैं। पेंटागन के दस्तावेजों के अनुसार ऐसे एक हजार से अधिक समाचार इराकी और अरबी अखबारों में छपे हैं। इन्हें छापने के लिए अखबारों को प्रति समाचार एक लाख रुपए तक दिए जाते हैं। इनमें ऐसे समाचार शामिल हैं, जो इराक में मौजूद अमेरिकी सैनिकों ने लिखे हैं। इस सूचना युद्ध को अमेरिकी राष्ट्रपति बुश की मंजूरी हासिल है। हरम पत्रकार इस्लामी दुनिया में अमेरिका विरोधी भावनाएँ कम करने के लिए दिन-रात काम करते हैं।

हरम पत्रकारिता के दिन भी अब लदने वाले हैं। इराकी समाचार-पत्रों में ऐसी खबरें और संपादकीय छपने शुरू हो गए हैं कि अमेरिका इराकी प्रेस का अपमान कर रहा है। अब उसे रखैल और हरम पत्रकारिता के आगे कुछ सोचना होगा। नया आविष्कार करना होगा। शिखर पर बने रहने की दानवी इच्छा पत्रकारिता के इतिहास में नया अध्याय जोड़ेगी। उस काले अध्याय का इंतजार करिए। यह इंतजार लंबा नहीं होगा।

22 दिसंबर, 2005

अशारीरिक विकलांगता

साम्राज्यवाद अंधा होता है। बहरा भी। उसके नुमाइंदे भी अंधे-बहरे होते हैं। न दिखना और न सुनाई देना उसके संदर्भ में शारीरिक विकलांगता नहीं है। इसे साम्राज्यवाद ओढ़ता है। कभी जान-बूझ कर, कभी मजबूरी में। वह आँख होते हुए नहीं देखता। कान होते हुए नहीं सुनता। अपनी नाक के आगे उसे कुछ दिखाई नहीं पड़ता। और न अपने छोटे-से दायरे से बाहर कुछ सुनाई देता है। विकलांगता उसके लिए आदत की तरह होती है। धीरे-धीरे पड़ती है और एक बार पड़ जाए तो मुश्किल से छूटती है। पीढ़ियों बाद। एक जीवन उसके लिए अक्सर कम पड़ जाता है। आनुवंशिक रोग की तरह।

इस विकलांगता में साम्राज्य जितना फैलता है, निजी दायरा उतना ही छोटा होता जाता है। साम्राज्यवादी इस डर के साथ जीता है कि निजी दायरा बढ़ा तो उसी अनुपात में खतरे बढ़ जाएँगे। वह विराट देशों को एक छोटे-से घर में तब्दील कर देता है। महाद्वीप उसके लिए एक कमरा होकर रह जाते हैं। लंदन में स्ट्रैंड के इलाके में तीन इमारतें हैं—'इंडिया हाउस', 'आस्ट्रेलिया हाउस' और 'अफ्रीका हाउस।' भारत बड़ा देश हो तो रहा करे। इंग्लैंड के लिए वह एक मकान था। बल्कि सिर्फ एक कमरा। कमरे में भी एक मेज। उसी मेज पर भारत की तकदीर लिखी जाती थी। यही आस्ट्रेलिया और अफ्रीका के साथ भी होता था। सदियों तक होता रहा। उसका दायरा कभी नहीं बढ़ा।

न देखने और न सुनने का असर साम्राज्यवादी के दिमाग पर पड़ता है। उसे अच्छे-बुरे में अंतर दिखाई देना बंद हो जाता है। एक तरह की मानसिक विकलांगता। वह हर बात सिर्फ अपने संदर्भ में देखता है। जो उसके लिए अच्छा है, वह अच्छा। जो उसके हित में नहीं है, वह बुरा। वह स्वयं को अपने साम्राज्य का चलता-फिरता ध्रुव समझने लगता है। यह मानने लगता है कि सोचने-समझने की क्षमता केवल उसके पास है। निपट जाहिलों के बीच वह अकेला विद्वान है। सत्ता से शुरू होने वाली यह मानसिक विकलांगता कुछ ही समय में सामूहिक हो जाती है। मनोरोग महामारी की तरह फैलता है। उसकी चपेट में आने से कोई नहीं बचता। काबिल से काबिल। जहीन से जहीन तक।

दूसरे विश्वयुद्ध के समय के नायकों में गिने जाने वाले विंस्टन चर्चिल इसी विकलांगता से पीड़ित थे। इसके दस्तावेजी सुबूत अब सामने आए हैं। ओहदा बढ़ने के साथ-साथ उनकी बीमारी बढ़ती गई। पहले दिखाई देना बंद हुआ। फिर सुनाई देना। अंत में इसका असर उनके दिमाग पर हुआ। बीच में धँसी हुई टोपी लगाए, सिगार पीते चर्चिल उन दिनों अनाप-शनाप कुछ भी बोल देते थे। भारत को अनपढ़-लफंगों का देश कहा। कहा कि लोकतंत्र भारत में नहीं चल सकता। यह भी कहा कि एक अधनंगा फकीर साम्राज्य का

क्या बिगाड़ लेगा?

ब्रितानी परंपरा में सरकारी दस्तावेज पचास साल बाद सार्वजनिक कर दिए जाते हैं। कुछ संवेदनशील समझे जाने वाले दस्तावेज साठ साल बाद। सन् उन्नीस सौ पैंतालीस तक के कैबिनेट के दस्तावेज अब जारी हुए हैं। इनमें चर्चिल की वे टिप्पणियाँ हैं, जिन पर अब तक पर्दा पड़ा हुआ था। हालाँकि ये टिप्पणियाँ उनके सार्वजनिक बयानों से बहुत भिन्न नहीं हैं। सन् बयालीस में महात्मा गाँधी ने 'भारत छोड़ो' आंदोलन किया। गिरफ्तार हुए। उन्हें जेल में डाल दिया गया। उसी साल कैबिनेट में कई बार हिटलर पर भी चर्चा हुई। चर्चिल की राय थी कि साम्राज्य को मामूली बातों में नहीं उलझना चाहिए। गाँधी हों या हिटलर, उसे दोनों से सख्ती से निपटना चाहिए। इसमें किसी तरह की ढील को साम्राज्य की कमजोरी के रूप में देखा जाएगा।

चर्चिल के लिए गाँधी और हिटलर में कोई अंतर नहीं था। था भी तो बहुत मामूली। ताज़ा दस्तावेजों में चर्चिल ने दो अलग-अलग कैबिनेट बैठकों में कहा कि हिटलर को मार डालना चाहिए और गाँधी मरें तो मर जाएँ, उन्हें छोड़ा नहीं जाना चाहिए। गाँधी ने उस समय जेल में आमरण अनशन शुरू करने की घोषणा की थी। लॉर्ड हैलीफैक्स मानते थे कि गाँधी की रिहाई का जो भी परिणाम हो वह जेल में उनकी मौत से कम नुकसानदेह होगा। स्टेफर्ड क्रिप्स गाँधी से मिल चुके थे। उनका मिशन विफल हो चुका था। फिर भी उनकी राय थी कि गाँधी 'अर्ध-ईश्वरीय' व्यक्ति हैं। जेल में उनकी मौत से साम्राज्य को बड़ा आघात पहुँचेगा। चर्चिल टस से मस नहीं हुए। करीब छह महीने बाद वे गाँधी की रिहाई के लिए तैयार हुए। यह कहते हुए कि यह 'सरकारी कृपा' है।

इसी दौरान जेल से गाँधी ने मोहम्मद अली जिन्ना को एक चिट्ठी लिखी। आमने-सामने बैठकर बात करने का प्रस्ताव। अधिकारी घबरा गए। उन्होंने बंबई के गवर्नर से पूछा। चिट्ठी का क्या करें? भेजें या नहीं? मामला वायसराय के पास पहुँचा। उन्हें भी फैसला करने में मुश्किल हुई। यह सवाल चर्चिल के सामने रखा गया। वे

उस समय लंदन से बाहर थे। जहाँ थे, वहीं से जवाब लिखा कि चिट्ठी रोक ली जाए। चर्चिल को उस चिट्ठी में खतरा दिखाई दिया। वही डर, जो साम्राज्यवादियों को होता है। यह डर कि कहीं दोनों में सुलह न हो जाए। हालाँकि इसकी संभावना बहुत कम थी।

अंधा, बहरा और मानसिक रूप से विकलांग साम्राज्य आजादी से छह महीने पहले तक कुछ नहीं समझ पा रहा था। उसे कुछ दिखता ही नहीं था। सुनाई नहीं पड़ता था। माउंटबेटन को जिन्ना 'बर्फ की तरह ठंडे' और 'मनोरोगी' लगे। गाँधी बकौल उनके 'एक पहेली' थे। पता ही नहीं चलता था कि वह आदमी संत है या 'कुटिल राजनीतिज्ञ'। यह दोष माउंटबेटन का नहीं था। साम्राज्यवादी विकलांगता का था। चर्चिल की उँगलियों का था। यह मानने का था कि पूरी दुनिया तर्जनी और मध्यमा के बीच रहती है। अब साम्राज्य नहीं है, पर विकलांगता की आदत है। और आदत जाते-जाते ही जाती है।

5 जनवरी, 2006

सबसे बड़ा महाजन

संयुक्त राष्ट्र को चिंता है कि दुनिया में गरीबी है। उसमें गरीब लोग रहते हैं। बड़ी संख्या में। खासतौर पर तीसरी दुनिया के देशों में। उनकी आबादी करोड़ों में है। संयुक्त राष्ट्र का मानना है कि इसमें एक बड़ी आबादी सिर्फ गरीब नहीं है। बहुत गरीब है। इतनी गरीब कि बेचारे लोगों के पास मोबाइल फोन तक नहीं हैं। वे किसी से बात नहीं कर सकते। फोन करके बता भी नहीं सकते कि गरीब हैं। उनका दुख केवल उनका दुख रह जाता है। नितांत व्यक्तिगत। किसी से कहें तो दुख सार्वजनिक घटना बने। पता चले तो लोग कुछ करें। उन्हें अभिशप्त जीवन से मुक्ति दिलाने के लिए। ऊपर उठाने के लिए।

यह खबर बहुत मुश्किल से संयुक्त राष्ट्र पहुँची। उसने आनन-फानन में जरूरी कदम उठाए। ए१ सौ सैंतीस सदस्य देशों की बैठक हुई। प्रतिनिधियों ने करोड़ों लोगों की गरीबी पर चर्चा के लिए करोड़ों खर्च कर दिए। बहुत विचार के बाद फैसला हुआ कि गरीब आदमी अपनी गरीबी दूर करने के लिए खुद कुछ नहीं कर सकता। इसके लिए बाहरी हस्तक्षेप की आवश्यकता है। ऊपर से कुछ करना होगा। गरीबों की गिनती की गई। फिर तय हुआ कि पहले दस करोड़ लोगों की गरीबी मिटाई जाए। उन्हें कर्ज देकर।

संयुक्त राष्ट्र ने चालू वर्ष को 'अंतर्राष्ट्रीय लघु कर्ज वर्ष' घोषित कर दिया। संसाधन जुटाए गए। एक पूरा महकमा खड़ा किया गया। सबने मन लगा कर काम किया। और नौ करोड़ लोगों को कर्ज देकर कर्जदार बना दिया गया। नारा दिया गया, 'कर्ज लो, गरीबी दूर करो।' इस नारे से वह दुनिया का सबसे बड़ा महाजन बन गया। उसके कर्जदारों में आधे से ज्यादा औरतें हैं। संयुक्त राष्ट्र ने अपनी महाजनी और बढ़ाने का निर्णय किया है। यानी अगले दस वर्ष में साढ़े सात करोड़ और लोग कर्जदार बनाए जाएँगे ताकि वे भी गरीबी की रेखा से ऊपर उठ जाएँ। महाजन को धन्यवाद दें।

महाजनी भारत की महान परंपराओं में से है। वह सदियों से चलती रही है। कई-कई रूपों में। इस दौरान उसके अर्थ कई बार बदले, पर भाव नहीं बदला। वही रह गया। पुराना महाजन बड़ा आदमी होता था। लोग उसका अनुसरण करते थे। लोगों से कहा जाता था कि वे उसके पीछे चलें। यह कामना होती थी। आगे-आगे महाजन, पीछे-पीछे लोग। महाजनो येन गतः स पंथाः। वह महाजन धीरे-धीरे विलुप्त हो गया। उसकी जगह एक नया महाजन आ गया। साहूकार वाला। वह निहायत देसी ढंग से काम करता था। मजबूरी में फँसे लोगों को कर्ज देने और उसे गला दबा कर वसूल करने में सिद्धहस्त। वह सदियों तक गरीब लोगों को पैसे देता रहा। मगर लोग फिर भी गरीब रह गए। अमीर सिर्फ एक आदमी हुआ। महाजन खुद।

उस जमाने में हर महाजन के पास एक किताब होती थी। आना-पाई दर्ज करने के लिए। उस किताब का स्वरूप पूरे देश में

एक जैसा था। गंदे पीले रंग का कागज। लाल कपड़े में लिपटा। सुतली से बाँध कर हिफाजत से रखा हुआ। वह किताब मामूली किताब नहीं थी। महाजन उस पर सुतली लपेट कर लोगों की जिंदगियाँ लपेट लेता था। उसे बाँध कर, उन्हें बाँध लेता था। उसकी गाँठ ऐसी थी कि जो एक बार बँधा, बँध गया। गाँठ खुलने की कोई सूरत नहीं होती थी। उससे मुक्ति संभव नहीं थी। उस किताब से गरीबी नहीं जाती थी, जान चली जाती थी।

महाजन के बहीखाते का आतंक होता था। वह लौट-लौट कर आता रहता था। कभी जिंदगी में, कभी साहित्य में। शायर मजाज ने एक बार बहीखाते को पीलिया होने का जिक्र किया। उसे एक नज्म में बाँधा। साठ साल पहले। कहा कि चाँद गरीब-मुफलिस की जवानी जैसा है। बनिए की किताब के मानिंद। मजाज का मन था कि उस किताब के पन्ने नोच लें। लेकिन वे ऐसा कर नहीं पाए। वह बहीखाता अब अपनी उस परंपरागत शक्ल में नहीं है। वह कंप्यूटर में रहता है। एक-एक इंदराज। यह नई महाजनी है। हार्ड डिस्क वाली। पूरा विश्व बैंक उसी से चलता है। अंतर्राष्ट्रीय मुद्राकोष भी। एशियाई विकास बैंक भी वही हार्ड डिस्क चलाती है। उसे नोचना-उखाड़ना करीब-करीब असंभव है।

संस्कृत में एक लोकायतिक श्लोक है। अनुश्रुति है कि उसे चारवाक ने लिखा। या चारवाक संप्रदाय के किसी विद्वान ने। वह भौतिकतावादी जीवन की पराकाष्ठा है। पूँजीवादी सोच का उत्कर्ष। जो कुछ है, वह अभी है। इसलिए सुख से जियो। चाहे इसके लिए कर्ज ही क्यों न लेना पड़े।

यावज्जीवेत सुखम जीवेत, ऋणं कृत्वा घृतम् पीवेत
भस्मी भूतस्य देहस्य, पुनराजन्मम् कुतः।

संयुक्त राष्ट्र में चारवाक के दर्शन से कौन परिचित-प्रभावित है, पता नहीं। लेकिन उसकी गरीबी उन्मूलन योजना पर इसका सीधा असर है। विलक्षण समानता। चारवाक के टिप्पणीकार कहते हैं कि ऋण लेकर घी पीने की बात मजाक नहीं है। सामाजिक असमानता

दूर करने की ओर संकेत है। संयुक्त राष्ट्र ने भी यही दलील दी है। कहा है कि वह कर्ज देकर गरीबों की आर्थिक मदद नहीं कर रहा है। इस कर्ज का एक सामाजिक पहलू है। इस पहलू को अंतर्राष्ट्रीय लघु कर्ज योजना में बहुत सोच-विचार कर समाहित किया गया है। दुनिया में हर दिन उन्तीस हजार बच्चे मर जाते हैं। बीमारी और कुपोषण से। माँ को कर्ज देकर संयुक्त राष्ट्र बच्चों की जान बचाना चाहता है। एक बेशकीमती जान बचाने के लिए मामूली-सा कर्ज लेने में हर्ज ही क्या है!

लघु कर्ज योजना पर अगला शिखर सम्मेलन अगले साल होगा। नवंबर में। जगह चुनी गई है नोवा स्कॉटिया। उसमें इस योजना की अब तक की प्रगति की समीक्षा की जाएगी। उसमें जरूरी रद्दोबदल किए जाएँगे ताकि कर्ज को उपयोगी बनाया जा सके। यह देखा जाएगा कि गाँव में मोबाइल फोन कहाँ तक पहुँचा। लोग कर्ज लेकर मोबाइल खरीदने-बेचने का धन्धा कर रहे हैं या नहीं। जब गाँव-गाँव में मोबाइल बिकने लगेंगे तो कोई बच्चा भूख से नहीं मरेगा। यह दर्शन अद्‌भुत है। बेजोड़ है। लाजवाब है। चारवाक से दो कदम आगे।

15 दिसंबर, 2005

आयरलैंड के गिरमिटिया

गिरमिटिया भारत के संदर्भ में एक रूढ़ शब्द है। उसका निश्चित अर्थ और भाव है। उन्नीसवीं शताब्दी में पानी के जहाजों में भरकर बड़ी संख्या में भारतीय मजदूर दूर-दराज के देशों में ले जाए गए। गन्ने और कपास की खेती करने। हिंद महासागर के देशों से लेकर अफ्रीका तक। फ्रांसीसी, पुर्तगाली और ब्रितानी औपनिवेशिक ताकतों ने अपने तात्कालिक लाभ के लिए यह काम बड़े पैमाने पर किया। इसमें गिरमिटिया मजदूरों का स्वार्थ जरूर शामिल था लेकिन यह उस पीड़ा के सामने बहुत छोटा था, जो उन्होंने फीजी, गुयाना या सूरीनाम के जंगलों में झेली। सबसे कटकर। निहायत अकेले।

औपनिवेशिक शक्तियाँ इसके साथ ही एक और काम कर रही थीं। इसे उलट गिरमिटिया प्रक्रिया कहा जा सकता है। ब्रितानी शासकों ने यूरोप से मजदूरों की एक बड़ी खेप भारत भेजी। मुख्यतः आयरलैंड से। उन्नीसवीं सदी के मध्य में कई हजार आयरिश मजदूर भारत लाए गए। उनका काम था रेल की पटरियाँ बिछाना। यह फैसला भारत में रेल परिवहन व्यवस्था शुरू करने के निर्णय के साथ ही ले लिया गया था। साम्राज्यवादी ब्रितानी शासन इसे तकनीकी काम मानता था। इसके लिए भारतीय लोगों पर भरोसा नहीं किया जा सकता था। अन्य औपनिवेशिक शक्तियों की तरह अंग्रेज भी मानते थे कि भारतीय लोग अच्छे खेतिहर मजदूर हैं। लेकिन उन्हें खेती-बाड़ी के अलावा कुछ नहीं आता। तकनीकी काम तो बिल्कुल नहीं।

आयरिश गिरमिटिया मजदूरों की स्थिति अन्य देशों में ले जाए गए भारतीय मजदूरों से भिन्न नहीं थी। गोरी चमड़ी के बावजूद उन्हें कोई सुविधाएँ उपलब्ध नहीं थीं। परिवार और घर से दूरी उन्हें भी अखरती थी। अकेलापन कचोटता था। आयरलैंड वापसी उनका सपना था लेकिन उसे पूरा कर पाना उनके हाथ में नहीं था। अपने देश से उनका एकमात्र संपर्क आयरलैंड से आने वाली मजदूरों की नई खेप के रूप में रह गया था। इन तकलीफों के बावजूद उन्होंने कलकत्ता से दिल्ली को जोड़ने वाली रेल लाइन पर काम किया। उसे बखूबी पूरा किया। इतनी तेजी से कि अठारह सौ पचपन-छप्पन में झरिया का कोयला रेल से कलकत्ता पहुँचने लगा। उस पटरी पर सवारी गाड़ी के कुछ डिब्बे भी चलने लगे थे। इस प्रगति से शासक बहुत खुश थे।

मेहनती आयरलैंडवासी लोगों की एक पूरी पीढ़ी रेल लाइन बिछाते हुए रम-खप गई। कुछ रमे, कुछ खप गए। इस दौरान स्थानीय लोगों के साथ भाषा की दूरी कुछ कम हो गई थी। कई युवा आयरिश मजदूरों ने स्थानीय लड़कियों से विवाह कर लिया। घर बना लिया। बसा लिया। वे लगभग यह मान बैठे थे कि उनकी आयरलैंड वापसी बहुत कठिन है। लगभग असंभव। ऐसी स्थिति में उनके सामने भारत में ही बस जाना सबसे अच्छा विकल्प था।

आयरिश लोगों ने अपनी बस्ती बनाने के लिए बहुत सोच-विचार कर एक जगह चुनी। झारखंड की राजधानी राँची के पास। पहाड़ों के बीच, थोड़ी-सी ऊँचाई पर। इसमें एक स्वार्थ यह भी था कि यह जगह कलकत्ता और दिल्ली से लगभग बराबर दूरी पर थी। यह संभावना थी कि वे औपनिवेशिक सत्ता केंद्र के संपर्क में बने रह सकेंगे। हालाँकि तब तक उन्हें भारत में ब्रितानी सत्ता से कोई बड़ा लाभ नहीं मिला था, पर वे भविष्य में इसकी संभावना को खारिज नहीं करना चाहते थे। उन्होंने जो बस्ती बसाई, उसका नाम रखा गया 'मैकलस्कीगंज'। यह बात करीब डेढ़ सौ साल पहले की है।

आयरिश लोग इस व्यवस्था को स्थायित्व देना चाहते थे। लेखक और पत्रकार इयान जैक ने 'होमलैंड दैट नेवर वाज' में इसका उल्लेख किया है। कई परिवारों की वंशावली तैयार की। उनका मूल स्थान ढूँढ़ा। इसी दौरान उन्हें वह पत्र व्यवहार मिला, जिसमें मजदूरों ने मैकलस्कीगंज में 'एक छोटा स्वतंत्र आयरलैंड' बसाने की अनुमति माँगी थी। यह खतो-किताबत काफी दिन तक चलती रही। अंततः शासन ने उनकी माँग नामंजूर कर दी।

मैकलस्कीगंज अब बदल गया है। उसका एक इतिहास है, वर्तमान नहीं है। इतिहास भी लगभग खोया-खोया सा। उसके चर्च में प्रार्थना-सभा हिंदी में होती है। क्रिसमस कैरल हिंदी में गाए जाते हैं। पास के रेलवे स्टेशन पर कुछ लोग दिखते हैं, जिनके नाक-नक्श आयरिश लोगों जैसे हैं। हैट लगाए लोग फल बेचते नजर आते हैं। महिलाओं में से अधिकतर की स्कर्ट फिर साड़ी में बदल गई है। नई पीढ़ी में कोई भी नहीं जानता कि उसका इतिहास क्या है। उन्हें नहीं मालूम कि मैकलस्की कौन थे? कहाँ से आए थे? क्या करते थे? मैकलस्की का सारा प्रयास धुंध में खो गया है।

भारत और आयरलैंड के बीच पहला संपर्क गिरमिटिया लोगों के माध्यम से था। उन्होंने रेल की पटरियाँ बिछाकर भारत को जोड़ा। गिरमिटिया मजदूर अपने संबंधों को पुख्ता करना चाहते थे। लेकिन यह संभव नहीं हो सका। संगीत प्रेमी आयरिश लोग अपनी मधुर धुनें लेकर भारत आए थे। यहीं रह जाने के सपने सँजोए हुए। अंग्रेजों

ने उनका सपना पूरा नहीं होने दिया। उन्नीस सौ सैंतालीस में भारत को आजादी मिली तो कई परिवार डेढ़ सौ साल बाद फिर टूट गए। इतिहास का एक अध्याय हमेशा के लिए बंद हो गया।

आयरलैंड के प्रधानमंत्री बर्टी अहेन इस इतिहास और भारत-आयरलैंड संबंधों के अध्याय से कितने परिचित हैं, नहीं मालूम। लेकिन तब से लेकर अब के बीच बहुत कुछ बदल चुका है। भारत में। और आयरलैंड में भी। आयरलैंड यूरोप की सबसे तेजी से बढ़ती अर्थव्यवस्था है और सॉफ्टवेयर व्यापार का सबसे बड़ा केंद्र। भारत संचार टेक्नोलॉजी का पूर्वी गढ़ है। यानी कि एक नए साझा रिश्ते की संभावना। बर्टी अहेन जनवरी में भारत आ रहे हैं। उनका मानना है कि भारत और आयरलैंड प्रतिद्वंद्वी नहीं, भागीदार होंगे। ब्रिटेन के दो उपनिवेशों के बीच इतिहास में बहुत कुछ साझा था, जो अच्छा नहीं था। इक्कीसवीं सदी की साझेदारी शायद दुनिया की आँखें खोल दे। अर्थशास्त्री भारत और आयरलैंड दोनों को इस सदी का शेर तो मानते ही हैं। और इस बार दोनों गिरमिटिया नहीं होंगे।

1 दिसंबर, 2005

बिसाती एंड कंपनी

व्यापार जगत में एक किस्सा आम है। एक जूता व्यापारी का किस्सा। अमीर मुल्कों में सबके पास जूता था। वहाँ बिक्री लगातार कम होती जा रही थी। व्यापारी चिंतित था। उसे लगा कि जल्दी नया बाजार नहीं मिला तो उसका कारोबार ठप हो जाएगा। सारा धंधा चौपट। उसने इस बारे में सोचा। गरीब मुल्कों की ओर अपने कारिंदे दौड़ाए। बाजार की संभावना तलाश करने। एक मुल्क बड़ा था। वहाँ दो कारिंदे गए। कुछ ही दिनों में सारी रिपोर्टें उसके सामने थीं।

बड़े मुल्क से उसे दो रिपोर्टें मिलीं। एक में लिखा था, 'यहाँ लोग गरीब हैं। खाने-पहनने को नहीं है। तीन चौथाई लोग नंगे पाँव घूमते हैं। यहाँ जूता नहीं बिक सकता।' व्यापारी की चिंता बढ़ गई। उसने दूसरा लिफाफा खोला। उसमें दर्ज था, 'यहाँ व्यापार की अपार संभावनाएँ हैं। तीन चौथाई लोगों के पास जूते नहीं हैं। उनके पास और भी बहुत कुछ नहीं है। पर उससे हमें क्या मतलब!'

थोक व्यापार खुदरा बाजार को इसी तरह देखता है। उनके बीच वैसा ही एक अनकहा रिश्ता है, जैसा इस किस्से में है। खुद्दरा खपत इतना बड़ा बाजार है कि बड़ा व्यापार उसके सामने फीका पड़ जाए। खुदरा बाजार में विदेशी निवेश को इसी दृष्टि से देखा जाना चाहिए। यह मामला थोक उत्पादन और बिक्री से सर्वथा भिन्न है। सीधा लोगों से जुड़ा हुआ है। इसे विदेशी निवेश के लिए खोलना खतरनाक हो सकता है। यह आर्थिक उदारीकरण का दूसरा चरण है। इस बारे में सतर्कता अपेक्षित है। इसे अनदेखा नहीं किया जा सकता। नहीं किया जाना चाहिए।

दिल्ली और देश के दूसरे बड़े शहरों में खुदरा व्यापार की आँधी चल रही है। मॉल बन रहे हैं। खुदरा व्यापार में चमक जोड़ी जा रही है। बटन और सुई बेचने के लिए बीस हजार वर्गफुट का चमचमाता बाजार खड़ा हो रहा है। जरूरत की सारी सहूलियत के नाम पर। अर्थशास्त्र में इसे, यानी खुदरा बाजार को, एक नया नाम दिया गया है, अनौपचारिक क्षेत्र। उदारीकरण की नजर अब इस क्षेत्र पर है। उसका अगला निशाना वही है।

अमेरिका और यूरोप में अनौपचारिक क्षेत्र पर गंभीरता से काम हो रहा है। अपने हक में। ताकि उसे अपने मतलब भर के लिए औपचारिक बनाया जा सके। अर्थशास्त्री लार्ड पीटर बाडर ने अपनी रिपोर्ट में इस बात पर हैरानी व्यक्त की है कि गाँवों में खुदरा व्यापार की सदियों से चली आ रही व्यवस्था की ओर 'ध्यान' क्यों नहीं दिया गया। वह क्षेत्र, जहाँ खुदरा का मतलब वाकई खुदरा होता है। जहाँ लोग गरीब हैं। महीने भर का राशन एक साथ नहीं खरीद सकते। हफ्ते भर का भी नहीं। वे बीड़ी का कार्टन नहीं खरीदते।

बंडल भी नहीं खरीदते। एक बीड़ी, एक सिगरेट खरीदते हैं। माचिस की एक डिब्बी लेकर उसकी तीलियाँ बाँटते हैं।

गाँव की बिसाती-व्यवस्था इसका पूरा ख्याल रखती है। लोगों की जरूरतों और उनकी खरीद-क्षमता का। लॉर्ड बाडर ने इस सिलसिले में अफ्रीका और भारत का उदाहरण दिया। इस बात पर खेद जताते हुए कि इन बिसातियों का धंधा और उसके मूल तत्त्वों को समझने की कोशिश कभी नहीं की गई। यह नहीं जाना गया कि वह थोक को खुदरा में कैसे तोड़ता है। उसके बाद वह खुदरा में भी खुदरा करता है। करता ही चला जाता है, जब तक वह कतार में खड़े आखिरी आदमी तक न पहुँच जाए।

बिसाती भारत की संस्कृति का हिस्सा है। वह अंदर तक पैठा हुआ है। रचा-बसा है। सब में। इस हद तक कि अब वह अलग नहीं हो सकता। इस तरह कि उसके होने का अहसास नहीं होता। यह वही भारतीय बिसातीपन है, जिसने इंग्लैंड और अमेरिका को चमत्कृत किया है। उनके पास खुदरा व्यापार की जो महारत है, उसका कोई तोड़ नहीं है। इसे देखते हुए यह बात कुछ अजीब-सी लगती है कि विदेशी कंपनियाँ भारत आकर उसे खुदरा व्यापार करना सिखाएँ। भारत का खुदरा बाजार उनके लिए खोल दिया जाए।

भारतीय खुदरा बाजार एक शृंखलाबद्ध व्यवस्था है। शृंखला का पहला और आखिरी आदमी आपस में अपरिचित हैं। जैसे कि एक साबुन फरीदाबाद में बनता है। दिल्ली के थोक व्यापारी से उसे मेरठ का एक व्यापारी खरीदता है। मवाना का व्यापारी मेरठ से माल उठाता है। हस्तिनापुर का गाँव वाला व्यापारी मवाना से खरीद करता है। वहाँ से यह गाँव में पहुँचता है। खुदरा व्यापार को संगठित रूप से बड़े पैमाने पर करने से वह खुदरा रह ही नहीं जाएगा। आर्थिक केंद्रीकरण होगा। शृंखला छिन्न-भिन्न हो जाएगी।

उद्योग जगत के हाल के अध्ययनों से दूसरी कहानी सामने आती है। खुदरा बाजार के स्वरूप और ताकत की। किसी बड़े व्यापारिक प्रतिष्ठान को हिला देने लायक। विदेशी निवेशकों को ललचाने वाली। एक अध्ययन शैंपू के बारे में किया गया। पता चला

कि शैंपू की सर्वाधिक बिक्री खुदरा बाजार में होती है। कुल शैंपू उत्पादन का मात्र एक तिहाई सौ या दो सौ ग्राम की शीशियों में बिकता है। ये आँकड़े किसी सरकारी रिपोर्ट के नहीं हैं। उद्योग-व्यापार जगत के हैं। उनकी लार टपकती जुबानों पर खुदरा बाजार का स्वाद लग गया है। अब सारी कवायद इस बात की है कि इस पर कब्जा करने के तर्क ढूँढ़े जाएँ। लाखों बिसातियों की फौज को अपना कारिंदा बना लिया जाए।

खुदरा व्यापार में भारत को विदेशी विशेषज्ञता की कोई जरूरत नहीं है। न ही विदेशी पूँजी दरकार है। यह शुद्ध भारतीय व्यवस्था है। एक पुख्ता व्यवस्था, जिसमें अनावश्यक छेड़छाड़ की न जरूरत है, न गुंजाइश। कम से कम इन छिछले तर्कों के आधार पर तो कतई नहीं कि इससे खुदरा व्यापारी 'हफ्ता ब्रिगेड' से बच जाएँगे। या इससे कि दुनिया के महानगरों में बड़े सुपर बाजारों के साथ छोटी दुकानें भी चलती रहती हैं। वे बंद नहीं हो जातीं। खुदरा बाजार और बिसाती व्यवस्था विदेशी पूँजी की मोहताज नहीं हैं। इस क्षेत्र को विदेशी निवेश के लिए खोलना निहायत गैर-जरूरी है। और खतरनाक भी।

24 नवंबर, 2005

अंग्रेजों की नवाबी

अंग्रेजों को भारत आए करीब एक सौ साल होने वाले थे। उस समय तक उनके साम्राज्यवादी विस्तार के इरादे बहुत स्पष्ट नहीं थे और लगभग सारा जोर व्यापार पर था। अठारहवीं शताब्दी के शुरुआती दिनों में ऐसे दृश्य आम थे जब अंग्रेज व्यापारी या उनके व्यापारियों के मुखिया चोगा पहनकर और साफा बाँधकर नवाबों के दरबार में व्यापार की अनुमति लेने जाया करते थे। ऐसी कई तस्वीरें हैं जिनमें अंग्रेज व्यापारियों के हाथ में बख्शीश की थाली दिखाई गई है। उनकी पूरी कोशिश यही दिखाने की होती थी कि वे स्थानीय व्यापारियों से भिन्न नहीं हैं। सामंतवादी और नवाबी व्यवस्था में चलन ऐसा ही था—चाहे वह सूरत हो, कालीकट या कलकत्ता।

स्थानीय लोक व्यवहार के प्रति अंग्रेज व्यापारियों की रुचि भी काफी रही होगी। इसके पीछे भी व्यापार था। दरबार से व्यापार की अनुमति प्राप्त करना एक बात थी लेकिन कोई व्यापार, या बाद में कारोबार, लोगों के बीच गए बिना कैसे पूरा हो सकता था? यूरोप में औद्योगिक क्रांति की शुरुआत हो चुकी थी और तमाम ऐसी पद्धतियाँ सामने आ रही थीं जिनके संभवतः बेहतर विकल्प तो भारत में थे पर उन नए उत्पादों का कोई जवाब उसके पास नहीं था। ऐसे में अंग्रेजों को यह जरूर दिखाई पड़ता था कि उनके व्यापार के लिए यहाँ समुचित असर है लेकिन इन अवसरों का पूरा लाभ उठाने के लिए उन्हें यह भी साफ-साफ नजर आता था कि वे 'बाहरी व्यक्ति' बने रहकर यह काम नहीं कर सकते। इसके लिए समाज में घुलना-मिलना उनके लिए अनिवार्य था।

कलकत्ता में हुगली नदी के तट पर बँधी व्यापारियों की नावों के कई चित्र कलकत्ता के राष्ट्रीय संग्रहालय में हैं। उसी में एक चित्र जॉब चारनाक का भी है जिसे कलकत्ता का संस्थापक माना जाता है। वह चित्र अपने आपमें खासा दिलचस्प है। जॉब चारनाक हुगली के तट पर रस्सी से बुनी एक खटिया पर बैठकर हुक्का पी रहा है। यह एक आम दृश्य रहा होगा और गाँवों में आज तक है जहाँ चौपाल पर या पेड़ के नीचे हुक्के के पास लोग इकट्ठा होते हैं। चारनाक के इस स्वरूप को चित्रित करने के पीछे क्या उद्देश्य रहा होगा, यह नहीं मालूम लेकिन यह कहना शायद गलत नहीं होगा कि इसे प्रचारित करना और इसे स्थानीय किस्से-कहानियों में शामिल करने का मंतव्य यह दिखाना था कि ये 'बाहरी व्यक्ति' स्थानीय आम लोगों से भिन्न नहीं हैं। पोशाक में परिवर्तन पहले ही आ चुका था भले उसका इरादा सिर्फ नवाबों से व्यापार की अनुमति लेना रहा हो। उस काल के अन्य विवरणों से यह भी पता चलता है कि अंग्रेजों का खानपान भी काफी बदल गया था। बाजार के दबाव का ऐसा प्रभाव भारत ने पहली बार देखा और महसूस किया था हालाँकि वह इसके पूरे प्रभाव से शायद अनभिज्ञ था।

सत्रहवीं सदी के अंत और अठारहवीं सदी के प्रारम्भ का दौर

मुगलों का प्रभाव कम होने का दौर था। सत्ता और समाज में नए समीकरण बनने लगे थे और अलग-अलग क्षेत्रों में क्षत्रप उभरने लगे थे। बावजूद इसके, उस दौर में समाज की एक ठोस और विकसित संरचना थी जिसे समझे और परखे बिना उसमें पैठ मुश्किल थी। अंग्रेज व्यापारियों का इरादा हो सकता है उस समय इसे तोड़ने और नई व्यवस्था कायम करने का न रहा हो लेकिन इसके बीज उसी दौर में बोए गए लगते हैं। यह कहना मुश्किल है कि इसकी शुरुआत ठीक-ठीक कब हुई।

किसी भी सभ्य और विकसित समाज की तरह तत्कालीन भारतीय समाज में भी विकृतियाँ थीं। समाज के साथ घुलने-मिलने के लिए इन विकृतियों को भी स्वीकार करना अंग्रेजों को यानी कि अंग्रेज व्यापारियों को जरूरी लगता था। उनका मुकाबला उस दौर में भारतीय व्यापारियों की तुलना में अन्य यूरोपीय व्यापारियों से ज्यादा था जो उनसे पहले भारत आ चुके थे और कुछ इलाकों में बेहद मजबूती के साथ अपने पाँव जमा चुके थे। इसके उल्लेख तत्कालीन रचनाओं में मिलते हैं कि 'नाच गर्ल्स' और कोठे पर जाना फ्रांसीसी, पुर्तगाली और डच व्यापारी करते थे और अंग्रेजों को दूसरा कोई विकल्प नहीं दिखाई दे रहा था क्योंकि उनके आदर्श उनके पूर्ववर्ती व्यापारी ही थे। यह कहा जा सकता है कि डच, फ्रांसीसी और पुर्तगाली व्यापारियों का कार्यक्षेत्र अलग-अलग था और शुरू में उनमें कोई सीधा टकराव होने की आशंका भी नहीं थी पर यह तथ्य ध्यान में रखना होगा कि सभी यूरोपीय व्यापारी समुद्र के रास्ते व्यापार करते थे और इस दृष्टि से उनमें कोई अंतर नहीं था। समुद्र में अपनी श्रेष्ठता सिद्ध करने के अलावा जहाजों के आकार और नए माल की भराई के साथ-साथ, उन्हें यह भी देखना पड़ता था कि अन्य प्रतिद्वंद्वी व्यापारिक समूहों से आगे कैसे रहा जाए। चूँकि उनका सारा व्यापार और लगभग पूरी व्यापारिक गतिविधि समुद्र केन्द्रित थी इसलिए उनके प्रमुख केंद्र समुद्र तट पर ही बने।

यूरोप ने सबसे पहले भारत को समुद्र तट से ही देखा था और देखकर अभिभूत हुआ था। एक सहज, समन्वित समाज उनके

आकर्षण का केंद्र बन गया और उसने उन्हें ठीक उसी तरह अपने मोहपाश में जकड़ लिया जिस तरह शताब्दियों पहले तुर्कों और मुगलों के साथ हुआ था। यह और बात है तुर्कों और मुगलों ने भारत को समुद्र तट से नहीं बल्कि खैबर दर्रे की ऊँचाइयों से देखा था। बाहर से आए लोगों के बीच यह फर्क बहुत बड़ा था और अंत तक कायम रहा। एक तरह से कहें तो यह वही फर्क था जिसने अंततः उनकी सोच को प्रभावित किया और यूरोपीय तथा खैबर पार करके आए लोगों के बीच एक मौलिक विभेद पैदा कर दिया।

इस अंतर की शुरुआत कब और कहाँ से हुई, यह एक बहुत बड़ा और लगभग अनुत्तरित प्रश्न है। अंग्रेज और उनसे पहले के यूरोपीय व्यापारियों ने जिस तरह भारत में अपने पाँव पसारने की शुरुआत की थी, वह तुर्कों और मुगलों से इस अर्थ में भिन्न थी कि वे आक्रमणकारियों की तरह नहीं आए थे। बाद में दोनों—यूरोपीय व्यापारियों और मुगलों तथा तुर्कों ने—यह समझ लिया कि भारत में कुछ भी भारत के ढंग से ही किया जा सकता है। उस समय तलवार का जोर और व्यापार का दबाव छोड़ने पर उन्हें काफी हद तक विवश होना पड़ा। मुगलों और तुर्कों के सामने साम्राज्य की स्थापना के और उसके विस्तार के दबाव में आई यह सोच काफी सीमा तक कामयाब रही, हालाँकि उनके सामने इसका कोई उदाहरण नहीं था। यूरोपीय व्यापारियों के लिए स्थितियाँ थोड़ा भिन्न थीं और उनके सामने साम्राज्य के विस्तार और उसकी स्वीकार्यता स्थापित करने का एक बड़ा उदाहरण अकबर जैसे सफल शासक के रूप में मौजूद था।

इस विभेद को एक दूसरे ढंग से देखा जा सकता है। इस तरह कि लड़ना और व्यापार करना तथा सत्ता कायम करना दो सर्वथा अलग चीजें हैं। तलवार का जोर या सिर्फ व्यापारिक बुद्धि सत्ता कायम करने का आधार नहीं बन सकती। यह भी समझने की कोशिश की जानी चाहिए कि तलवार लेकर लूट के इरादे से भारत में घुसे लोग यहाँ के कैसे हो गए और व्यापार तथा व्यापारिक बाने में लूट करने आए लोग अंततः इतने क्रूर, हिंसक और आततायी कैसे बने? ऐसे

में अंग्रेज व्यापारियों और ईस्ट इंडिया कंपनी ने दीन-ए-इलाही देने वाले और जोधाबाई से विवाह करने वाले अकबर के उदाहरण को कैसे भुला दिया जो शासन करने का एक प्रामाणिक तरीका माना जा चुका था।

पुर्तगाली, फ्रांसीसी और डच व्यापारियों के प्रारंभिक काल के बारे में उतनी जानकारियाँ उपलब्ध नहीं हैं जितनी अंग्रेजों के संबंध में हैं। अंग्रेजों ने इस पूरी अवधि में अपने निजी विवरण लिखे जो इतिहास के प्राथमिक स्रोत माने जा सकते हैं। इस दौरान काफी साहित्य भी रचा गया जिनमें से कई रचनाओं का सीधा संबंध भारत से है। इसी में एक नाटक 'द नवाब' शामिल है। सैमुअल फुट ने यह नाटक तत्कालीन भारत की और उसमें अंग्रेजों की स्थिति का अध्ययन करने के बाद 1732 में लिखा था जिसका दो साल बाद लंदन में मंचन हुआ। साहित्यिक रूप से इस नाटक को शायद दस में से दो अंक भी न मिलें लेकिन इतिहास के रूप में इसका महत्त्व काफी है।

'द नवाब' के मंचन के बाद भारत में बसे अंग्रेजों ने इसका कड़ा विरोध किया और सैमुअल फुट को कई बार जान बचाकर भागना पड़ा। इन घटनाओं को स्थानीय समाचार पत्रों में भी जगह मिली और भारत गए अंग्रेजों के संबंधियों ने इस बारे में काफी खतोकिताबत की। यह चर्चा पूरे ब्रिटेन में एक लंबे अरसे तक बनी रही।

सैमुअल फुट ने 'द नवाब' में मोटे तौर पर तीन टिप्पणियाँ की थीं। यह कि भारत गए अंग्रेज व्यापारी अपनी अंग्रेजियत खो बैठे हैं, यह कि वे 'नाच गर्ल्स' के यहाँ जाते हैं और यह कि वे बख्शीश देते और लेते हैं। इसी नाटक में उन्होंने यह भी कहा था कि अंग्रेज कुल मिलाकर खुद नवाबों की तरह व्यवहार करने लगे हैं और नवाब बन गए हैं। यह स्पष्ट नहीं है कि सैमुअल फुट भारत कब और क्यों आए थे और यहाँ से लौटकर क्यों गए। यह हो सकता है कि वह स्वयं व्यापार के इरादे से आए हों और उसमें विफल रहे हों और इस रचना के मूल में व्यक्तिगत क्षोभ रहा हो लेकिन उनके नाटक पर जितनी उग्र प्रतिक्रियाएँ हुईं, उन्हें देखकर तो यही लगता

है कि वास्तव में स्थितियाँ कमोबेश वैसी ही रही होंगी जैसा उन्होंने बयान किया था।

यह पूरा घटनाक्रम कलकत्ता में फोर्ट विलियम की स्थापना और प्लासी के युद्ध से पहले का है इसलिए इन दोनों में से किसी एक को अंग्रेज मानसिकता और सोच में परिवर्तन का कारण मानना उचित नहीं होगा। अंग्रेजों की अंग्रेजियत के ह्रास पर एक लंबी बहस फोर्ट विलियम की स्थापना से काफी पहले और प्लासी के युद्ध के बीस साल पहले ही हो चुकी थी और इस बहस का आधार बना था 'द नवाब'। यह कहा जा सकता है कि 'द नवाब' एक विभाजक रेखा है जिससे पहले और जिसके बाद भारत में अंग्रेजों के दो सर्वथा भिन्न रूप दिखाई देते हैं। इस रेखा के एक तरफ वह अंग्रेज हैं जो तुर्कों या मुगलों की तरह स्थानीय जनमन में रचने-बसने की कोशिश कर रहे थे और दूसरी तरफ वे जिन्होंने खुद को अलग-थलग करके अपने को स्थानीय लोगों से बेहतर बताने और दिखाने की कोशिश की।

यह महज एक संयोग भी हो सकता है कि इस नाटक के बाद से चोगा और साफा पहने या हुक्का पीते या फिर चौपाल में बैठे किसी अंग्रेज का कोई चित्र नहीं मिलता। उसके बाद के चित्रों में अंग्रेज ढेर सारे बटन वाले चमकदार कपड़ों में घोड़े की पीठ पर सवार दिखाई देता है। इस बात का कोई प्रमाण नहीं है कि 'द नवाब' के मंचन और उससे उपजे विवाद के बाद इस तरह का कोई फैसला किया गया हो लेकिन आसपास के साक्ष्य लगभग इसी तरफ इशारा करते हैं। प्लासी के युद्ध के बाद तो यह पूरी तरह साफ हो जाता है कि अंग्रेज अपने को सिर्फ व्यापारी नहीं समझता जिसे किसी नवाब या सामंत की कृपा की दरकार हो।

इस पूरे संदर्भ को इस रूप में देखा जा सकता है कि 'द नवाब' ने पूरी प्रक्रिया ही बदल दी। अंग्रेजों ने, जो उस समय तक भारतीय समाज में घुलने-मिलने की कोशिश में लगे थे, अलग-थलग रहना शुरू कर दिया। यानी कि 'एसिमिलेशन को एलियनेशन' में बदल दिया। यह अगर इसी तरह हुआ तो यह कहा जा सकता है कि आधुनिक इतिहास की यह एक अकेली घटना है जहाँ कागज के

चंद पन्नों ने इतिहास पलट दिया। इसे तुलसीदास के रामचरित मानस और कार्ल मार्क्स के 'कम्युनिस्ट मेनिफेस्टो' से अलग करके देखना होगा क्योंकि इसमें धर्म का या विचारधारा का सहारा नहीं लिया गया था। यह इसलिए और महत्त्वपूर्ण हो जाता है कि इतिहास की धारा बदलने में प्रेरक बने ये पन्ने दोयम दर्जे की साहित्यिक रचना ही माने जा सकते हैं।

लेकिन इस पूरे परिवर्तन में सिर्फ इस किताब की ही भूमिका थी यह मानना गलत होगा।

❑❑